# Christine Erdiç

# Der Schrei der Elster

© Christine Erdiç 2022
1. Auflage
Alle Rechte vorbehalten.
Kein Teil dieses Werkes darf ohne schriftliche
Genehmigung in irgendeiner Form
reproduziert oder vervielfältigt werden.
Kontakt: e-Mail indiansummer_61@hotmail.com
Webseite: https://christineerdic.jimdofree.com/
Satz und Layout: © Christine Erdiç
BuchumschlagGestaltung: © Christine Erdiç
CoverGestaltung: © Christine Erdiç
CoverFoto: Pixabay

**ISBN:** 9783753416397

Herstellung und Verlag:
BoD – Books on Demand, Norderstedt
www.bod.de

# Vorwort

Man schrieb das Jahr 1632, und die Pest wütete in Europa. Während die Menschen vor allem in den Ballungszentren der großen Städte dahinsiechten, suchten Regierung, Kirche und Gesellschaft nach Schuldigen. Und sie fanden sie. Jeder, der sich von der Masse abhob, geriet schnell in Verdacht und somit in Gefahr, auf dem Scheiterhaufen zu landen. Sogenannte Hexenprozesse zwangen unschuldige Menschen unter unerträglicher Folter falsche Geständnisse abzulegen. Betroffen waren in erster Linie jene Frauen, deren einziges Vergehen es war, sich mit Kräutern und Heilsalben auszukennen oder die Zukunft vorhersehen zu können. Es war das Zeitalter der Inquisition, die über Jahrhunderte hinweg ihre blutigen Opfer fordern sollte.

# 1

Brunhilde wusste, dass es gefährlich war. Die kleine Behausung lag am Rande der Stadt, und vorsichtshalber hatte sie die Fenster verdunkelt, um das Flackern der vier weißen Kerzen zu verbergen. Eine Kerze für jede Himmelsrichtung. Die etwa dreißigjährige Frau war mit einem weißen Gewand bekleidet und trug ihr langes dunkles Haar offen. Langsam erhob sie die Arme und sagte mit leiser anklagender Stimme: „Oh Hel, schau, was mit deinen Töchtern geschieht. Deine Wiege wird ihnen zum Grab und dein Weg ein glühender Pfad voller Schmerzen. Ich flehe dich an, im Namen Freyas, erhöre meine Bitte, und gib mir eine Antwort."

Die Kerzen flackerten stärker, und durch die undichte Tür wehte ein kalter Wind. Das kleine Mädchen neben ihr hielt eine Schale mit Wasser hoch über den Kopf und fröstelte in ihrem dünnen Kleid aus grobem Leinenstoff. Das Haar reichte ihr bis an die Hüften und hatte fast den gleichen Farbton wie das naturfarbene Leinenkleid. Eine Sache, die in den Augen der Nachbarn seltsam war. Wie kam die Frau mit den dunklen Locken zu einem so hellhäutigen und blonden Kind?

Maria war alles, was ihr geblieben war, nachdem ihr Mann vor zwei Jahren von der Pest dahingerafft wurde. Irgendwie schaffte es Brunhilde, sich und die Kleine durch Gelegenheitsarbeiten durchzubringen. Das Herstellen ihrer Heilsalben aus Kräuterextrakten war inzwischen zu einer gefährlichen Angelegenheit geworden, und sie verkaufte nur noch an Stammkunden. Doch selbst da konnte man sich nicht sicher sein, und lieber verzichtete sie bei einer zahlungsunfähigen Abnehmerin auf das Geld, als sich diese zum Feind zu machen.

„Mama, es klopft!" Brunhilde wurde aus ihren Gedanken gerissen und blies geschwind die Kerzen aus. Maria wartete, bis ihre Mutter alles in einer großen Holztruhe verstaut hatte und ging dann langsam zur Tür. „Wieso verdunkelt Ihr denn so früh? Ich dachte schon, es sei niemand daheim." Eine gebeugte alte Frau kam herein, und Brunhilde atmete erleichtert auf.

„Wartet Mutter Brehm, ich zünde nur ein Licht an", sagte sie und lächelte freundlich. „Was kann ich für Euch tun?"

Die alte Frau litt seit langem an heftigen Rückenschmerzen, und Brunhilde hatte da genau die richtige Salbe.

„Ich komme, um Euch zu warnen." Das hutzelige Mütterchen hob sorgenvoll den Kopf und schaute der Jüngeren in die Augen.

„Man ist nicht gut auf Euch zu sprechen im Ort. Manch einer behauptet gar, Ihr steht mit dem Teufel im Bunde."

„Ihr wisst, dass dem nicht so ist. Ich versuche nur, den Menschen zu helfen und ihnen die Schmerzen zu nehmen. Ansonsten verrichte ich mein Tagwerk wie jeder andere hier auch. Ich besuche regelmäßig die Gottesdienste und lasse mir nichts zu Schulden kommen", erwiderte Brunhilde mit ruhiger Stimme.

„Ja mein Kind, ich weiß. Wenn ich es nicht wüsste, käme ich nicht hierher, um Euch zu warnen. Ihr solltet die Stadt gleich morgen in der Früh verlassen. Sie richten schon neue Scheiterhaufen außerhalb der Stadtmauern. Gestern hat die Erna aus der Gruberstraße gestanden und unter der Folter Euren Namen genannt …"

„Habt Dank Mutter Brehm. So werden wir denn die Stadt verlassen müssen, unser kleines Haus und das Wenige, was wir besitzen. Es geht auch um das Leben meiner Tochter, nicht nur

**7**

um meines. Was soll aus ihr werden, wenn sie mich in den Kerker werfen?" Schützend legte Brunhilde den Arm um die Schultern des kleinen Mädchens, dessen Augen vor Schreck weit geöffnet waren.

Nachdem Mutter Brehm mit einem Tiegel Kräutersalbe die Hütte verlassen hatte, machten sich Brunhilde und Maria ans Packen. Viel war es nicht, was sie mitnehmen konnten, nur das Nötigste, verpackt in Leinenbeutel. Auch die große Truhe musste zurückbleiben, nachdem ihr die wichtigsten Utensilien entnommen worden waren.

Mit einem letzten Blick in den armseligen Raum, der ihnen dennoch so viele Jahre Heimat gewesen war, schlossen Mutter und Tochter im Morgengrauen die Tür hinter sich. Ein neuer Weg lag vor ihnen, niemand wusste, wohin er führen und wie er enden würde: Ihre Flucht hatte begonnen.

Die Stadttore, die nachts aus Sicherheitsgründen verschlossen wurden, waren bereits geöffnet, und die Land- und Feldarbeiter konnten ebenso passieren wie die Grubenarbeiter und die Händler mit ihren Karren. Brunhilde und Maria mischten sich unter das bunte Volk und gingen ungehindert an den Torwachen vorbei. Die kontrollierten eher jene, die in die Stadt hineinkamen. Beide atmeten auf, als sie die Stadtmauern hinter sich gelassen hatten, aber auch jetzt galt es, vorsichtig zu sein.

Der Vogel hatte seine Schwingen ausgebreitet und schwebte mehr als dass er flog. Schwarz wie Lack und weiß wie Schnee glänzte sein Gefieder in der Morgensonne.

„Tschiriiiiiiiiiiik", klang es fast zärtlich. Maria streckte die Hand aus, und die Elster landete geschickt auf ihrer Schulter.

**8**

„Da bist du ja, Elsa", sagte sie erfreut. Der Vogel legte seinen Kopf zur Seite und betrachtete Maria aufmerksam mit seinen schwarzen Augen. „Wo hast du nur gesteckt? Ich habe schon befürchtet, du würdest uns nicht wiederfinden!"

Ihre Mutter lächelte nachsichtig.

„Elsa würde uns überall finden. So hat Hel meine Bitte erhört und uns durch ihren Boten erneut ein Zeichen ihrer Verbundenheit und ihres Schutzes gegeben."

„Ist Elsa ein Bote Hels?" Maria war etwas verwundert, denn seit der Vogel vor ein paar Monaten entkräftet vor der Tür gelegen und sie ihn aufgepäppelt hatte, war er handzahm geworden und kehrte immer wieder zu dem kleinen Haus am Stadtrand zurück.

„Elstern gelten als Götterboten, aber sie verkünden auch Unheil und Tod, sagt man. Hel selbst wird von Elstern begleitet und ist auch bekannt als germanische Göttin des Todes und der Unterwelt."

Das war unheimlich, und das Kind schauderte. Es schaute zweifelnd auf Elsa, die sich mit ihrem scharfen Schnabel an einem Knopf auf seinem Umhang zu schaffen machte.

Plötzlich gab der Vogel ein warnendes ‚Schäck schäck' von sich und erhob sich in die Luft.

„Da kommt jemand." Brunhilde trat hastig hinter eine Gruppe dichter Büsche und zog Maria mit sich. „Pssssssssssst…"

Nach einer ganzen Weile hörten auch sie den Hufschlag: Ein paar Reiter passierten auf ihren Pferden den unbefestigten Weg und hüllten die Landschaft in eine dichte Wolke aus Sand und Staub. Erst als es wieder ruhig war, kehrte Elsa zurück.

„Wo sollen wir nun hingehen?" Mutter und Tochter sahen sich ratlos an. „Wir haben weder Besitz noch Verwandte in der Nähe. Es sei denn, wir schließen uns dem fahrenden Volk an, ich bin ja bei ihnen aufgewachsen. Wenn ich nur wüsste, wo sie jetzt sind'', überlegte Brunhilde halblaut. Ihre Herkunft war auch ein Grund, weshalb man sie nie anerkannt hatte in der Stadt, in die sie ihrem Mann damals gefolgt war.

Elsa erhob sich mit einem schrillen Schrei in die Luft und flog davon.

„Was hat sie denn nun schon wieder?" Aufgeregt hielten die zwei Ausschau. Drohte erneut Gefahr? Doch es war nichts zu sehen, und so setzten sie ihren Weg fort und entfernten sich immer weiter von der Stadt.

„Schau, da ist Elsa ja wieder, und sie trägt etwas im Schnabel", sagte die Mutter. Die Elster setzte zum Landen an und ließ einen Gegenstand auf den Sandweg fallen. Eine goldene Kette mit einem Medaillon. Brunhilde hob ihn auf und erstarrte.

„Die Kette meiner Großmutter, der Anhänger mit der Mondsichel! Das fahrende Volk muss ganz in der Nähe sein! Dort müssen wir hin, dann sind wir in Sicherheit. Elsa, wo hast du die Kette gefunden? Führe uns ..." Und der Vogel breitete langsam seine Flügel aus und stieg in die Luft.

# 2

Das Lager war von hellen Feuern erleuchtet. Frauen in bunten Gewändern und Kinder tanzten ausgelassen um sie herum. Männer spielten dazu auf Streichinstrumenten fremdartige melancholische Lieder. Brunhilde verharrte atemlos und fühlte sich um Jahre zurückversetzt. Sie war wieder ein kleines Mädchen, das verzückt dem Klang der Musik lauschte. „Tanz, so tanz doch!", forderte man sie auf. Versonnen schüttelte sie den Kopf und erschrak, als ein schnelles fröhliches Lied erklang, zu dem alle den Rhythmus mitklatschten. Immer schneller wirbelten die Frauen um die Feuer herum. Maria hatte sich losgerissen und zu den Tanzenden gesellt. Das sonst so ruhige Mädchen blühte förmlich auf.

„Tanz doch." Brunhilde fühlte die warme Hand auf ihrer Schulter und ahnte, wem sie gehörte, noch bevor sie sich umdrehte.

„Ich wusste, dass ihr kommt." Die Stimme klang ruhig, ein wenig heiser. In all den Jahren hatte sie sie nie vergessen.

„Großmutter ..." Sie war zu Hause, nach all den Jahren. Endlich angekommen. Sie drückte die zierliche, fast zerbrechlich wirkende Frau an sich und nahm ihre Kraft und Stärke auf wie eine verwelkende Blume, die nach Wasser dürstet. „Der Anhänger mit der Mondsichel, hast du ..."

Die Alte nickte bedächtig. „Ja, die Elster stibitzte ihn, als sie heute Morgen erschien. Götterboten darf man nicht abweisen. Und da wusste ich plötzlich, dass ihr euch auf den Weg gemacht habt."

Prüfend sah sie ihre Enkelin an. „Du hast gelitten..."

Brunhilde seufzte. „Vor zwei Jahren habe ich meinen Mann an den schwarzen Tod verloren. Ich habe versucht, Maria und mich als Heilerin durchzubringen. Doch nun werde ich der Hexerei beschuldigt, und wir sind auf der Flucht." Im Licht der Flammen verdüsterte sich das Gesicht der alten Frau.

„Ich habe die Schatten gesehen, die über euch sind. Hier seid ihr in Sicherheit, unter meinem Schutz. Ihr werdet Hunger haben. Es ist nicht viel, aber es reicht für uns alle."

Über einem der Feuer hing ein großer Kessel, aus dem köstlich duftende Suppe in kleine Schalen gefüllt wurde. Plötzlich war auch Maria da. Fest umklammerten ihre kleinen Hände das gereichte Gefäß.

„Das schmeckt gut, nach Gemüse und Fleisch", verkündete sie laut schlürfend. Dann sah sie auf.

„Wer bist du?"

„Katharina, deine Urgroßmutter." Prüfend sah sie dem kleinen Mädchen in die grünen Augen, die denen ihrer Mutter so glichen, und lächelte dann. „Du bist stark und wirst einen ganz neuen Weg beschreiten. Doch bis dahin wird noch viel Zeit vergehen müssen …" *Eine dunkle Zeit, und die Flammen lodern hell*, fügte sie in Gedanken hinzu. Und damit waren nicht die Feuer des fahrenden Volkes gemeint, doch sie schwieg, denn sie wollte dem Kind keine Angst machen.

Das Lager bestand aus wenigen klapprigen Leiterwagen, die mit Planen notdürftig bedeckt waren, um vor Unwetter und Regen zu schützen, und mehreren zusammengeflickten Zelten. Alles war im Halbkreis angeordnet. Ein paar Pferde grasten friedlich. Maria sah sich um. „Sollen wir hier schlafen?", fragte sie unsicher. Die letzten Feuer waren am Verlöschen, und lang-

**12**

sam wichen die fröhlichen Farben einem tristen und morastigen Grau.

Katharina legte tröstend den Arm um sie. „Komm mit, du wirst sehen, es ist gar nicht so schlecht." Sie ging auf einen etwas größeren Wagen zu, der hinter einem Baum halb verborgen war und zog die Plane zur Seite. Drinnen war es überraschend behaglich ausgestattet, mit duftendem Stroh und bunten Decken. In einer Ecke lag eine kleine zusammengerollte Gestalt.

„Das ist Janosch, ein Findelkind. Seine Eltern haben ihn mir verkauft, als er noch ein Baby war." Zwei Augenpaare sahen sie entsetzt an. Die Großmutter winkte ab. „Das ist eine lange Geschichte. Weckt ihn nicht auf. Ich bin froh, dass er schläft. Glaubt mir, ihr lernt ihn noch früh genug kennen."

# 3

Brunhilde streckte sich behaglich unter der Decke aus. Es war warm und duftete nach Heu. Erschrocken fuhr sie hoch und schob die Plane vor dem Fenster zur Seite. Hell strahlte die Sonne vom Himmel. Wie konnte sie nur so lange schlafen?! Alle anderen waren längst wach, und helles Stimmengewirr klang vom Platz her.

„Mama!" Ein kleines Gesicht tauchte vor ihr auf, umrahmt von langen blonden Locken.

„Janosch hat mir mein Tuch geklaut!" Kichernd rannte ein schmächtiger dunkler Junge hinter ihr her.

„Hol es dir doch wieder!" Der Kerl war flink wie ein Wiesel, immer wenn Maria nach ihm griff, war er schon wieder woanders. Das Spiel schien ihm großen Spaß zu machen. Lachend schwenkte er das Stück Stoff durch die Luft - bis ihn plötzlich eine Hand fest am Kragen packte.

„Du gibst es sofort zurück", sagte Katharina streng. „Und noch was! Hast du den Speck genommen, der für das Abendessen bestimmt war?" Zerknirscht reichte Janosch Maria das Tuch und stieß dann mürrisch seine nackten Zehen in den matschigen Boden.

„Ich hatte Hunger, Großmutter."

„Oder verkaufst du ihn heimlich an die Dorfleute?" Der Junge wandte sich hastig ab, doch Brunhilde sah noch das Glitzern in seinen dunklen Augen. So war das also! Der Bursche bestahl seine eigene Familie!

„Großmutter, ich sammele das Geld und kaufe dir ein wunderbares Pferd. Versprochen!"

„Ach Janosch, was soll ich nur mit dir machen?! Dein Geld wird nie für ein Pferd reichen!" Seufzend fuhr die Alte ihrem Pflegekind durch das widerspenstige schwarze Haar. War das alles? Keine Strafe? Brunhilde schüttelte fassungslos den Kopf. Katharinas Blick wanderte von Janosch zu Maria. „Wir sollten dir dein Haar schwarz färben. Du bist zu blond, dadurch fällst du auf. Und sie suchen euch noch."

„Nein, bitte! Nicht mein Haar!" Die Kleine wich ängstlich zurück und barg ihr Gesicht im Gewand ihrer Mutter.

„Ihr braucht auch andere Kleider, damit ihr ausseht wie wir. Das ist wichtig! Janosch, hilf mir mal!"

Der Junge war wie umgewandelt. Gehorsam holte er einen Kübel mit Ruß von der Feuerstelle. Damit wurde Marias Haar dick eingeschmiert. Auch das Gesicht bekam einiges ab, aber das war ihr egal. Die Tränen gruben Spuren auf den dunkler werdenden Wangen. „Das musst du jetzt noch richtig verschmieren, dann sieht es viel besser aus", empfahl Janosch hilfsbereit.

Im Wohnwagen befand sich unter einem Stapel Decken verborgen eine Truhe mit bunten Kleidern. Maria jubelte, als sie die farbenprächtigen Stoffe sah.

„Das grün-bunte hier könnte dir wohl passen", überlegte die Großmutter. Es war ein bisschen lang und auch etwas zu weit. „Egal, du wächst schneller rein, als du denkst!" Sie wühlte weiter in der Truhe. „Und du?" Brunhilde griff zögernd nach einem roten Kleid mit weitem Ausschnitt, ließ es aber gleich wieder fallen und zog ein einfacheres braunes hervor. „Das hier ginge ..." „Nein!" Katharina drückte ihr das rote in die Arme.

**15**

„Das hier ist genau das richtige! Du hattest ja schon gewählt. Mach dich nicht älter als du bist."

Sie verscheuchte den Buben, der kichernd verschwand. Als Brunhilde und ihre Tochter neu eingekleidet waren, unterschieden sie sich kaum mehr vom fahrenden Volk. Marias Kleid wurde um die Taille durch einen Strick zusammengehalten.

„Erzähl uns von Janosch", bat Brunhilde.

„Also, das ist ja schon so lange her. Damals hörte ich in jener Nacht ein leises Weinen. Nicht ungewöhnlich in einem Lager mit Kindern, dennoch hatte ich eine seltsame Ahnung. Also trat ich vor meinen Wagen" Prüfend sah sie nach draußen. „Eigentlich kennt Janosch die Geschichte ja schon, aber es ist seltsam, darüber zu sprechen, wenn er in der Nähe ist."

„Er weiß, dass er verkauft wurde?" Brunhilde war entsetzt.

„Naja, das ist nichts Außergewöhnliches in diesen schweren Zeiten. Also, ich ging hinaus, und da standen ein Mann und eine Frau mit einem in Lumpen gewickelten Baby auf dem Arm. Sie baten mich, das Kind zu nehmen. Sie waren vom Balkan und hatten schon mehr als genug Kinder. Dieses konnten sie nicht auch noch ernähren."

„Wieso kamen sie denn ausgerechnet zu dir?", fragte Maria.

„Mein verstorbener Mann, Leonardo, war der Anführer unserer Sippe. Wir haben immer Einfluss gehabt, weit über die Grenzen des Lagers hinaus. Auch heute noch reicht mein Arm weit, nicht nur bei unserem Volk. Mein Vermögen halte ich allerdings vor Fremden verborgen.

Diese Menschen waren nun aber in großer Not. Auf der Suche nach einem besseren Leben scheiterten sie kläglich. Sie waren hier nicht mehr erwünscht und brauchten Geld, um in ihre ferne Heimat zurückzukehren. Also versuchte ich zu helfen. Die Familie erhielt die nötigen Mittel und ich einen Jungen, der mir im Alter zur Hand gehen sollte. Ein guter Tausch für alle."

„So weit sind sie gereist?" Weder Brunhilde noch Maria hatten eine Ahnung, wo der Balkan lag. Katharina nickte nachdenklich und schaute an einen unbestimmten Punkt am Horizont.

„Unser Volk hat eine sehr lange Reise hinter sich – und sie ist noch nicht zu Ende …"

Maria staunte. Dies war nicht die Welt, die sie kannte – und dennoch begann sie langsam Gefallen an ihr zu finden. Hier schien alles so einfach und logisch zu sein.

„Was tut ihr den ganzen Tag? Arbeitet ihr nicht?"

„Manchmal schon. Die Männer machen Gelegenheitsarbeiten oder Musik, seitdem es ihnen verboten ist, als Schmiede ihr Brot zu verdienen. Sie waren einst geschätzte Handwerker und verstehen ihre Kunst noch immer. Die Frauen lesen aus der Hand und wahrsagen gegen Geld. Manche sind gezwungen, zu hausieren oder zu stehlen, um zu überleben. Es sind schlimme Zeiten." Die alte Frau sah sinnend vor sich hin, versunken in Gedanken an bessere Tage, die weit in der Vergangenheit lagen.

# 4

Das Leben im Lager war bunt und aufregend, trotz aller Not. Das fahrende Volk ließ sich auch jetzt nicht unterkriegen. Es war nie leicht gewesen für sie. Tänze um das Feuer und fröhliche Gelage gehörten zu ihnen wie die Luft zum Atmen. Das alles erinnerte Brunhilde an ihre Kindheit im Schoße der Sippe, doch die kleine Maria staunte, wie anders hier doch alles war.

Manchmal kamen Gadche, also Menschen, die nicht zum Volk gehörten, heimlich zur Großmutter, um sich aus ihren Handlinien die Zukunft deuten zu lassen.

Sie war die *Pury Dai*, die Stammesälteste, und genoss großes Ansehen, wie Maria bald erfahren sollte.

„Kannst du mir auch aus der Hand lesen?", bettelte sie mehr als einmal.

So gab die alte Frau eines Tages schließlich nach. „Es ist zwar nicht üblich … aber nun gut. Setz dich hierher zu mir." Lächelnd öffnete Katharina die kleine Hand des Mädchens und fuhr behutsam über die feinen Linien.

„Du hast ein großes Herz und kennst keine Furcht. Es ist eher Wut, die dich leitet …" Stirnrunzelnd blickte sie auf. „Wut ist nie gut."

„Sag mir etwas über meine Zukunft, so wie du es bei der Frau eben getan hast."

Smaragdgrüne Augen schauten trotzig zurück.

„Du hast gelauscht? Also wirklich …"

„Großmutter!"

„Also schön. Ich sehe einen Jungen mit dunklem Haar. Er wird dir Freude aber auch viel Leid bereiten …"

„Ach was, das ist sicher Janosch! Du verulkst mich doch!"

Langsam sprach Katarina weiter. „Ich sehe Feuer und einen weiten Weg, den du gehen musst. Du bist auf der Suche, und am Ende wirst du finden, wonach du gesucht hast. Deine Lebenslinie ist lang und stark."

„Was werde ich finden? Was habe ich gesucht?"

Doch die *Pury Dai* schüttelte ihren Kopf.

„Das ist alles."

„Du kannst gar nicht wirklich wahrsagen!", rief das Kind verärgert und rannte davon.

„Wirst du auch aus meiner Hand lesen?" Leise und zaghaft drang die Stimme an das Ohr der Alten.

„So setz dich, meine Tochter", seufzte Katharina ergeben. „Wir können wohl unserem Schicksal nicht entrinnen …"

Brunhilde hielt ihr die Handfläche entgegen, und die *Pury Dai* beugte sich darüber. „Ich sehe einen Weg voller Schatten und Feuer …" Sie erhob sich abrupt und wandte ihr Gesicht zur Seite. Etwas musste sie zu Tode erschreckt haben.

„Was siehst du? Ist das alles? Ist es so furchtbar, dass du es mir nicht sagen kannst?" Entsetzt schaute die Kauernde auf.

„Verzeih mir, aber es ist nicht immer gut, die Zukunft zu wissen. Genieße das Heute. Unser Volk lässt sich nicht aus der Hand lesen, das ist nur etwas für die Gadche." Mit gesenktem Haupt ging sie davon.

Maria sollte bald erfahren, dass eine *Pury Dai* noch ganz andere Aufgaben hatte.

Das Lager war größer, als es zunächst den Anschein hatte, und in den Wohnwagen und Zelten hausten viele Menschen auf engstem Raum beieinander. Eine der Frauen war in guter Hoff-

**19**

nung. Eines Tages verschwand sie im Wald und Urgroßmutter ebenso. Maria hatte das genau beobachtet.

„Wo sind sie denn hin?", fragte das Mädchen Janosch neugierig. Der aber zuckte ungeduldig die Schultern. „Das ist Weiberkram, geht mich nichts an. Frag deine Mutter." Verärgert ging er davon.

„Komisch ...", murmelte Maria und machte sich auf zum Wohnwagen, vor dem die Mutter gewaschene Wäsche auf eine Leine hängte.

„Mama, wo sind Sara und Urgroßmutter hin? Ich habe sie beide in den Wald gehen sehen. Wollen sie dort Beeren oder Pilze sammeln? Vielleicht sollte ich ihnen nachlaufen?"

Die Mutter zog sie in den Wagen.

„Sara bekommt ihr Baby. Deine Urgroßmutter hilft ihr dabei, es gesund auf die Welt zu bringen."

„Warum bekommt sie das Baby denn im Wald und nicht im Wohnwagen?" Brunhilde hielt dem vorwurfsvollen Blick stand.

„Die Sinti und Roma bekommen ihre Kinder nicht im Bett, wie du es gewohnt bist. Schwangerschaft und Blut sind für sie unrein. Wenn das Baby drinnen zur Welt käme, müssten sie hinterher alles verbrennen, das Schlaflager und vielleicht auch den Wohnwagen, so verlangt es ihr Gesetz. Es ist Aufgabe der *Pury Dai*, die Gebärende außerhalb des Lagers zu unterstützen. Die Mutter wird mit ihrem Kind erst nach dem Fest der heiligen Taufe in ihr Heim zurückkehren."

„Hier ist wirklich alles ganz anders als bei uns", sinnierte die Kleine.

20

„Maria, du bist das Kind zweier Welten. Ich verstehe, dass dir das alles seltsam vorkommt."

„Bin ich auch im Wald geboren?"

Brunhilde schüttelte lächelnd den Kopf. „Nein, ich war grad Wasser holen am Fluss – und dann ging alles ganz schnell. Ich hatte weder eine Hebamme noch eine *Pury Dai*."

„Mutter, du kannst heilen, und Urgroßmutter schaut in die Zukunft. Was vermag ich zu tun?"

„Deine Gabe wird sich im Laufe der Zeit zeigen, mein Kind. Du musst Geduld haben. Du bist eine Tochter Hels, und sicherlich hat sie auch dich mit besonderen Fähigkeiten ausgestattet."

„Glaubt Urgroßmutter auch an Hel?"

Brunhilde nickte. „Ich habe einen großen Teil meines Wissens von ihr. Und sie hat es von einer weisen Frau, die keine von uns war."

„Dann sind wir eigentlich gar keine Christen?"

„Sei vorsichtig mit dem, was du sagst, Maria. Man kann vieles sein. Die Menschen unseres Volkes sind frei in ihrem Glauben. Alles ist verschieden und dennoch eins, eingebettet in den Strom des Lebens. Es spielt keine Rolle, wie man es nennt. Wichtig ist es nur, seinen Weg zu erkennen und ihn dann zu gehen."

# 5

Urgroßmutter wusste so schöne Geschichten zu erzählen. Oftmals saßen die Kinder im Halbkreis um sie herum und lauschten dem Klang ihrer Stimme.

„Vor langer Zeit lebten unsere Vorfahren in einem fernen Land. Dort war immer Sommer, und niemand musste frieren. Große grüne Bäume spendeten Schatten, und Kinder badeten in den warmen Flüssen. Natürlich gab es ganz andere Tiere als hier, und manche von ihnen waren giftig, wie zum Beispiel die Schlangen. Doch *Sara Kali* schützte die Mädchen und Jungen vor ihrem tödlichen Biss. Große graue Elefanten stießen schrille Töne aus, die an die einer Trompete erinnerten. Einige Menschen ritten sogar auf ihnen. Die Frauen trugen bunte Gewänder, und die Männer waren ganz in Weiß gekleidet."

„Wer ist *Sara Kali* - und was sind Elefanten?", raunte Maria Janosch zu.

„Unsere Schutz-Heilige", wisperte der zurück und zeichnete mit einem Stock das Bild eines Elefanten mit langem Rüssel und Stoßzähnen auf den Boden.

„Das klingt wunderschön. Warum sind unsere Vorfahren denn von dort weggegangen?", fragte ein kleiner Junge.

„Wahrscheinlich fiel unser Volk in Ungnade. Nun zieht es durch fremde Länder ohne Rast und ohne Ruh …", sinnierte die alte Frau.

„Eine uralte Legende sagt, dass man, als Jesus im Heiligen Land ans Kreuz geschlagen werden sollte, niemanden fand, der die Nägel dafür anfertigen wollte. So fragte man schließlich einen Schmied aus unserem Volk, und der erklärte sich dazu

22

bereit, ohne recht zu wissen, worum es eigentlich ging. Seitdem lastet auf uns ein böser Fluch - und gleich den Juden, die den Heiland verleugneten, ziehen wir durch die Welt auf der rastlosen Suche nach einer neuen Heimat", warf eines der Mädchen ein.

„Es gibt viele Legenden", bestätigte die *Pury Dai*. „Doch die Geschichte unserer Wanderschaft geht viel weiter zurück."

„Das klingt geheimnisvoll aber auch traurig", warf Maria ein. Die alte Frau vermittelte den Kindern allerlei Wissen, unterrichtete sie auch hin und wieder in ihrer eigenen Sprache, denn die musste ebenso wie die Kultur erhalten bleiben, auch wenn sie draußen nur Deutsch sprachen. Es war nicht gut, aufzufallen. Andersartiges zog zwar Teile der hiesigen Bevölkerung in ihren Bann, war jedoch Obrigkeit und Kirche ein Dorn im Auge. Man musste vorsichtig sein, gerade in den heutigen Zeiten - aber hier im Lager fühlte man sich sicher.

Janosch bohrte seinen großen Zeh in den Schmutz.

„Ich möchte gerne einmal dort hin", sagte er versonnen.

„Wohin?" Maria sah ihn fragend an.

„Na, dahin wo die Elefanten sind. Dort ist es immer warm, und niemand muss frieren." Geistesabwesend sah er in die Pfütze, die sich gebildet hatte. Fröstelnd zog er die Schultern hoch. Es hatte wieder angefangen zu nieseln.

„Ist das das Land, wo deine Familie herkam?", rutschte es dem Mädchen heraus, bevor es sich verärgert auf die Lippen biss.

Der Junge sah sie aus unergründlich schwarzen Augen an.

„Nein, wir kamen vom Balkan. Das ist gar nicht so weit weg. Und eines Tages werde ich auf einem Pferd dort hin reiten. Kommst du mit?"

Maria kicherte.

„Dann musst du aber drei Pferde haben! Eins hast du Großmutter versprochen, eins für dich und eins für mich."

„Ich habe noch genug Zeit bis dahin. Dann ist das also geklärt", verkündete Janosch feierlich und lachte, bevor er einen Handstand machte. Nun waren seine Hände voller Matsch, doch das kümmerte hier niemanden. Bei Regen versank das halbe Lager im Schlamm. Natürlich konnte man sich unten am Fluss waschen, doch wenn man den Wohnwagen hinterher erreicht hatte, war man schon wieder eingesaut. Deshalb standen auch immer Kübel mit Wasser bereit. An einem Regentag nahm man seine Dusche jedoch besser gleich draußen.

Vergnügt kreischend spielten die Kinder im Regen. Wie anders hier doch alles war! Maria dachte an die Stadt, wo jeder, der nicht gerade draußen zu tun hatte, vor Wind und Wetter in die Stube flüchtete oder sich zumindest irgendwo unterstellte. Langsam streckte sie die Arme aus und drehte die Handflächen nach oben.

„Sara Kali, schütze uns und mach, dass wir immer hier bleiben können. Segne meine Mutter und mich – und die Urgroßmutter", wisperte sie. *Und Janosch auch,* setzte sie in Gedanken hinzu.

Genau in diesem Moment kam die Elster angeflogen und landete sanft auf der Schulter der Kleinen. Aufmunternd pickte sie an ihrem Ohr.

„Oh Elsa, ich habe dich nicht vergessen – und auch nicht Hel. Die Göttin hat uns hierher geführt, und ich danke ihr dafür."

Janosch kam näher.

„Ist das dein Vogel? Du siehst komisch aus, wie ans Kreuz geschlagen …"

Sie sah die Angst in seinen Augen.

„Das ist doch nur Elsa, eine Botin der Göttin Hel. Sie hat uns zu euch geleitet", beruhigte sie ihren Freund.

„Erzähl mir später davon." Er senkte seine Stimme und schaute sich vorsichtig um.

„Ich habe entdeckt, dass die Hühner ihre Eier dahinten im Gebüsch gelegt haben. Komm mit, aber pass auf, dass uns keiner folgt."

Doch die anderen hatten sich auf Baumstümpfen und Steinen niedergelassen, um ihre Kleider in den Sonnenstrahlen, die zwischen Regenwolken zaghaft hervorkrabbelten, zu trocknen. So konnten sich die zwei erfolgreich davonschleichen.

„Wo sollen wir die denn braten?" Unschlüssig drehte Maria ein Ei hin und her.

Janosch lachte vergnügt.

„Wieso braten? So macht man das!" Er nahm es ihr aus der Hand und schlug es vorsichtig an einen Stein, entfernte ein Stück der Schale und schlürfte es geräuschvoll aus. Dann wühlte er zwischen verrotteten Blättern und Zweigen und reichte dem Mädel ein anderes Ei. Maria schüttelte sich.

„Hast du nun Hunger oder nicht? Probiere mal, es schmeckt wirklich gut!"

Gehorsam klopfte sie die Schale auf und zögerte erneut.

„In einem Zug, na los, mach schon!"

Maria setzte an und würgte, als ihr das flüssige Eiweiß wie Schleim die Kehle hinunterlief. Aber zumindest das Gelbe schmeckte nicht schlecht.

„Wem gehören denn die Hühner?", fragte sie und schnappte nach Luft.

„Allen", versicherte der Junge eine Spur zu schnell.

„Soso, allen also ..." Die *Pury Dai* stand auf einmal hinter ihnen, und keiner hatte sie kommen sehen.

„Woher wollt ihr überhaupt wissen, dass das Hühnereier sind? Eine Ringelnatter hat hier in der Nähe ihr Nest."

Maria fühlte Übelkeit in sich aufsteigen, aber Janosch lachte nur.

„Das waren keine Schlangeneier. Und überhaupt: Ei ist Ei!" Frech wollte er davonhüpfen, aber die alte Frau hielt ihn an der Schulter fest.

„Ihr könnt von Glück sagen, dass ihr nicht auf Kreuzottern gestoßen seid. Die Jungen arbeiten sich gleich, nachdem die Mutter die Eier gelegt hat, durch die dünne Schale."

Janosch wurde plötzlich kreidebleich und verschwand blitzschnell in den Büschen.

„Urgroßmutter ..."

„Lass nur, er erbricht sich. Es geschieht ihm nur recht. Er muss eben auf die harte Art lernen, dass er auch im Lager nicht alles nehmen kann, wie es ihm gefällt." Dann schmunzelte sie.

„Keine Angst, es waren wirklich Hühnereier."

# 6

Brunhilde und Maria hatten sich eingelebt. Das Lager und seine Bewohner sog sie sozusagen auf, doch in der Stadt hatte man nie aufgehört, nach ihnen zu suchen. Katharina wusste das, und manchmal löste sich ein heimlicher Seufzer von ihren Lippen.

Brunhilde versorgte all die kleinen und großen Gebrechen der Kinder und Erwachsenen, während Maria gemeinsam mit Janosch nichts als Blödsinn anstellte. Es schien sogar so, als wolle das Mädchen den Buben noch übertrumpfen.

„Vielleicht sollte ich dir die Haare stutzen und dich in Männerkleidung stecken", sinnierte die alte Frau eines Tages, als Maria sich wieder einmal ein besonderes Ding geleistet hatte.

Trotzig sah das Mädel sie an.

„Mach doch! Dann kann ich auch besser in den Kirschbaum klettern, ohne dass das dumme Kleid sich in den Zweigen verhakt und entzwei reißt!"

Der Frühling wurde von einem heißen Sommer abgelöst, darauf folgten ein wundervoller Herbst und ein eiskalter Winter.

Mit der nassen Kälte kam das Fieber ins Lager. Brunhilde braute unermüdlich geheimnisvolle Tränke aus Kräutern, die sie im Sommer gesammelt hatte, machte Umschläge aus Honig und gekochten Zwiebeln, trug Salben gegen Geschwüre auf und sprach den Kranken Mut zu. Als das Fieber endlich besiegt war und die ersten Bäume winzige grüne Blätter zeigten, wurden Pfannkuchen gebacken. Köstlicher Duft zog über die Zelte und Wagen hinweg und lachende Kinder balgten sich um die Leckerbissen.

Katharina rief Maria zu sich. Kurz darauf hockten sie nebeneinander auf den Stufen vor dem alten Wohnwagen.

„Du hast mich einmal nach deiner Gabe gefragt, weißt du noch?"

Maria nickte und schaute ihre Urgroßmutter fragend an.

„Nun, es ist so, dass die Gabe von der Mutter oder Großmutter an die Tochter weitergegeben wird. Manchmal überspringt sie eine Generation. Verstehst du, was ich meine?"

„Willst du damit sagen, dass ich vielleicht gar keine Gabe habe?", brauste das Mädchen auf.

„Das erste, was eine Zaunreiterin lernen muss, ist sich zu beherrschen und zuzuhören." Tadelnd schaute die Alte das Kind an.

„Was ich bisher von dir gesehen habe, hat mich keinesfalls überzeugt, dass du deine Gabe bedacht und richtig einsetzen wirst."

Maria überlegte.

„Hast du deine Fähigkeiten auch von deiner Mutter oder Großmutter geerbt?"

Katharina schüttelte den Kopf.

„Es gibt die Gabe bei unserem Volk. Aber ich wurde von einer Freundin eingeweiht, die nicht zu uns gehört. Wir müssen jedoch immer sehr vorsichtig damit umgehen. Vor langer Zeit wurde dieses Wissen noch nicht verteufelt, doch dann wurden Heilerinnen, Wahrsagerinnen und Kräuterfrauen den Medizinern und der Kirche ein Dorn im Auge. Oftmals heilte eine von uns, wo der Arzt oder Bader versagte. Und irgendwann wurde jedes Unglück, jede Todgeburt und jede Dürre im Land den

Hexen zugeschoben. Und nicht zuletzt das große Sterben – der schwarze Tod."

„Das ist aber Unrecht!" Zornig ballte die Kleine ihre Hände zu Fäusten.

„Ja, mein Kind, das ist es. Sie fürchten uns, denn wir sind Zaunreiterinnen, die zwischen den Welten wandeln und über eine Weisheit verfügen, die ihnen fremd ist. Es ist noch weit in der Ferne, doch ich sehe Zeiten kommen, in denen man abstreitet, dass Magie überhaupt existiert. Die Mächtigen selbst weben den dunkelsten Zauber und wollen das Volk in Unwissenheit und Angst halten. Wir geben unser Wissen im Verborgenen weiter. Die Erkenntnis und Weisheit, das Geschenk der Schlange aus dem Paradies."

„Aber Urgroßmutter, die verbotene Frucht! Der Apfel! Das war doch Sünde!"

„Urgroßtochter ... können Wissen und Erkenntnis Sünde sein? Richtig eingesetzt werden sie zum Segen der Menschheit. Aber es gibt welche, die wollen das Volk in Dummheit halten und sich an ihm bereichern. Sie kehren alles um, und aus Gut wird Böse. Lass dir den Blick nicht vernebeln. Wir vermögen Gut und Böse wohl zu unterscheiden."

Maria runzelte die Stirn. Das leuchtete ihr durchaus ein. Sie hatten ja auch gesagt, die Mutter sei böse. Deshalb waren sie damals aus der Stadt geflohen. Und dann hatte die Mutter im Winter so viele Kranke geheilt. Das konnte doch nicht schlecht sein.

„Großmutter, warum sind wir denn arm, wenn wir so klug sind?"

„Wir sind nicht wirklich arm, Kind. Doch wir sind auch nicht wirklich reich. Es kommt darauf an, wie wir mit der Gabe umgehen. Sie ist nicht dazu gedacht, dass wir uns selbst bereichern. Unsere Aufgabe ist es, dafür zu sorgen, dass der Strom der weißen Magie nicht versiegt. Und noch eins: Es liegt immer ein Schleier über den Geheimnissen, die uns am meisten am Herzen liegen und die wir gerne lösen möchten. Vergiss das nicht." Schmunzelnd beugte sie sich zu dem Mädel nieder.

„Aber welche ist denn nun meine Gabe? Ich weiß, dass Janosch die Sprache der Tiere versteht und Vögeln die gebrochenen Flügel heilt. Und was kann ich?"

„Du hast das dritte Auge."

Überrascht fuhr die kleine Hand über das Gesicht.

„Nein Urgroßmutter, da sind nur zwei."

Katharina lachte.

„Das dritte Auge kann man nicht sehen oder ertasten. Es bedeutet, dass du Dinge wahrnimmst, die andere gar nicht bemerken. Dazu gehört auch, in die Zukunft zu blicken und …"

„Oh, so wie du! Dann kann ich also auch aus der Hand lesen!"

„Nein, du brauchst dazu keine Hand oder Hühnerknochen. Es ist viel stärker. Und nun wollen wir nachsehen, ob die Bande uns noch ein paar Pfannkuchen übrig gelassen hat."

# 7

Die so heiß ersehnte Gabe brach plötzlich und unerwartet über Maria herein und zeigte ihr grausamstes Gesicht. Schreiend erwachte sie aus einem Albtraum der übelsten Art. Sie hatte schon früher ab und zu geträumt, aber diesmal war es anders. Es schien so real, und so brauchte das Mädchen eine Weile bis es verstand, dass das soeben Gesehene nicht der jetzigen Wirklichkeit entsprach.

Weiche Arme umfingen Maria tröstend und liebevoll.

„Was ist denn, mein Kleines?" Zitternd schmiegte sie sich an die Mutter, während die dunklen Augen der alten Frau besorgt und doch seltsam wissend auf ihr ruhten.

„Hast du schlecht geträumt? Erzähl mal!" Das kam von Janosch.

Die Großmutter wehrte ihn ab.

„Lass sie in Ruhe, Junge!"

Doch Maria musste es loswerden. Das kleine Gesichtchen war schweißnass und von Tränen überströmt, die Haare klebten wirr am Kopf.

„Da waren Flammen, es war so heiß, und es roch nach  - verbranntem Fleisch." Ein Schluchzer unterbrach ihre Rede.

„Das kommt sicher, weil Mutter Brehm von den Scheiterhaufen berichtet hat, bevor wir die Stadt verließen", sagte Brunhilde nachdenklich.

„Oder wir haben Fleischstücke auf dem offenen Feuer gebraten. Es ist ja bald wieder Sommer." Janosch leckte sich genüsslich über die Lippen.

Maria schüttelte den Kopf.

„Es war kein Huhn und auch kein anderes Tier. Es war ....“
Mit angstvoll aufgerissenen Augen sah sie ihre Mutter an.
„Ich habe dich in den Flammen gesehen. Ich habe das Knistern gehört und die Hitze gespürt – und überall waren Menschen, die haben gejubelt und geschrien.“
Die Urgroßmutter wurde blass, und Janosch kniff die Augen zusammen. Nur Brunhilde lachte unbekümmert: „Mir passiert schon nichts, hier sind wir sicher.“
Doch Katharina schüttelte den Kopf.
„Das Mädel hat die Gabe. Ich verstehe den Traum als Warnung. Wir werden weiterziehen. Wir sind viel zu dicht an der Stadt. Momentan scheint mir das benachbarte Fürstentum ohnehin sicherer zu sein als diese Ländereien, die der Kirche unterstehen. Außerdem schuldet mir der Fürst noch etwas. Einst heilte ich seinen Sohn vom Fieber. Der Tod hatte ihn schon fest in seinen Klauen.“
„Du kannst auch heilen?“ Bewundernd sah Maria ihre Urgroßmutter an.
„Wir entwickeln manchmal ungeahnte Fähigkeiten, wenn es nötig ist.“
„Wir werden ohnehin nicht mehr lange im Lager bleiben. Es ist einfach nicht meine Welt.“ Brunhilde zog Maria fest an sich.
„Außerhalb des Lagers kann ich euch nicht mehr schützen“, warnte Katharina mit ernster Stimme.
„Ich will nicht fort!“ Trotzig sah Maria ihre Mutter an.
„Das lasse ich auch gar nicht zu“, bestätigte Janosch.

Die Kinder hockten eng beieinander. Der Junge streckte den Arm aus und gab ein lockendes Geräusch von sich.

32

Prompt kam Elsa angeflogen und landete sanft auf seiner Schulter.

„Manchmal denke ich, sie hat dich viel lieber als mich", schmollte Maria.

Wirklich, Janosch zog Tiere fast magisch an.

„Was machst du denn mit dem Vogeljungen, das aus dem Nest gefallen ist, und den kleinen Kätzchen, wenn wir weiterziehen?"

„Na, die nehme ich natürlich mit", lautete die Antwort.

Währenddessen gab es im Wohnwagen ein Wortgefecht.

„Wir kommen schon durch. Das sind wir damals auch!", ereiferte sich Brunhilde.

„Damals hattest du auch einen Mann, der dir zur Seite stand. Ich mochte ihn und vertraute ihm, auch wenn er ein Gadcho war. Hätte ich in seiner Hand gelesen … aber manches kann man nicht abwenden, es ist eben Schicksal."

„Ich wäre auch ohne deine Erlaubnis mit ihm gegangen. Das hier ist doch auf Dauer kein Leben. Sieh dich um. All dieser Schmutz. Und ihr lebt ziellos in den Tag hinein. Auch meine Mutter ist gegangen, weil sie es nicht mehr ausgehalten hat." Zornig fixierte Brunhilde ihre Großmutter.

Katharina sah ihr fest in die Augen.

„Es war nicht so, wie du denkst. Schon immer hat sich meine Tochter vom Glanz der fremden Welt verlocken lassen. Doch sie werden uns nie anerkennen, die Gadche. Sie sind ganz anders als wir. In all den Jahrhunderten sind wir immer ein Fremdkörper in ihrer Gesellschaft geblieben. Dennoch, es war ihre freie Entscheidung. Sie ging vor vielen Jahren, und ich habe seitdem nie wieder etwas von ihr gehört."

33

„Hast du ihr verboten, mich mitzunehmen?" Diese Frage brannte Brunhilde schon seit Jahren auf der Seele.

Doch die alte Frau schüttelte müde den Kopf.

„Du warst damals noch ein Baby. In ihre Vorstellungen von einer besseren Zukunft hast du wohl nicht gepasst. Sie verließ das Lager bei Nacht und Nebel. Ich fand dich weinend und allein in eurem Wagen. Dein Vater war schon gleich nach deiner Geburt verschwunden, und so nahmen wir dich zu uns. Mehr konnten wir nicht tun, aber es hat dir an nichts gefehlt, auch wenn es kein Leben im Luxus war. Maria fühlt sich übrigens wohl hier. Doch vielleicht ist dein Weg ein anderer. Das kann niemand für dich entscheiden." Katharina seufzte und schloss die Augen.

„Ich muss ein wenig ruhen. Morgen werden wir unsere Sachen zusammenpacken und aufbrechen."

Brunhilde legte ihrer Großmutter die Hand auf die Schulter.

„Ich weiß, dass du immer nur das Beste für mich wolltest, verzeih mir, aber manchmal sehne ich mich einfach in die Stadt zurück. Wir werden mit euch ziehen. Alles andere wäre zu gefährlich. Und ich muss auch an meine Tochter denken."

# 8

Janosch stand mit beiden Füßen fest auf dem Rücken eines schwarzen Rappen und seine halblangen Haare wehten im Wind, während er auf Maria zuritt. Maria jubelte ihm entgegen, er brachte das Pferd in einen langsamen Trab und sprang aus dem Stand direkt neben dem Mädchen zu Boden.

„Glaub mir, keiner im ganzen Fürstentum kann so reiten wie ich!" Stolz und kühn blickten die dunklen Augen aus dem schmalen gutgeschnittenen Gesicht. Maria glaubte es ihm aufs Wort und bewunderte ihn, wo sie nur konnte. Sie wusste nur zu gut, wie gerne er an einem Turnier bei den jährlichen Festspielen teilnehmen würde.

Seit fast drei Jahren wohnten sie nun schon im Fürstentum und hatten den Umzug nie bereut. Der Fürst hatte nicht vergessen, was er Katharina schuldete und der Sippe einen großen trockenen Lagerplatz zugeteilt. Auf einer kleinen Anhöhe direkt am Wald gelegen, bot er einen atemberaubenden Blick auf die Stadt, die sich malerisch an die Ufer eines Flusses schmiegte.

Die Kinder sammelten Himbeeren, Brombeeren, Heidelbeeren, Walderdbeeren und Pilze zur Nahrungsergänzung. Eines Tages entdeckten sie eine Quelle, die einem Fels entsprang, und somit war auch die Versorgung mit frischem Trinkwasser gewährleistet. Die Männer durften jagen, und ab und zu gab es Hasen am Spieß oder einen Igel, der traditionell in Lehm gebacken wurde.

Brunhildes Heilkünste waren inzwischen in der Stadt bekannt geworden, nachdem sie ein verirrtes Kind der Gadche im Wald gefunden und versorgt hatte. Obwohl sie wusste, dass ihr Volk

**35**

unter dem Schutz des Fürsten stand, traute sie sich zunächst noch nicht in den Ort hinunter, und so kamen die Fremden zu ihr hoch. Doch eines Tages rief man sie zu einer Bettlägerigen mit hohem Fieber.

Mit gemischten Gefühlen folgte Brunhilde dem Ruf. Aber seit jenem Tag ging sie immer öfter in die Stadt, mal um ihre Heilkünste anzuwenden, mal um einfach nur Einkäufe zu erledigen. Katharina sah das mit wachsender Besorgnis, denn sie hatte den Traum ihrer Urgroßtochter nicht vergessen.

Sie sah zum Himmel empor, doch nicht eine Wolke war dort zu sehen, blau und trügerisch heiter erstreckte er sich weit über die Ebene da unten.

„Woran denkst du Großmutter?" Brunhilde hockte sich neben sie ins Gras.

„Ich denke daran, wie blau der Himmel oft ist, bevor ein Gewitter aufzieht. Und dennoch spürt man sein Kommen an der Schwüle und Schwere der Luft, Tochter."

„Machst du dir Sorgen? Gerade jetzt, wo es uns gut geht? Es gefällt mir hier. Ich habe meine Familie und auch die Nähe der Stadt. Die Menschen dort sind nett, sie mögen uns", entgegnete die junge Frau und lächelte versonnen. Die Frau des Fischverkäufers hatte sie in ein langes Gespräch verwickelt, und die Krämerin bot ihr sogar einen Tee an.

Doch die *Pury Dai* wusste, wie schnell der Wind sich drehen konnte. Solange man den Gadche helfen konnte, war alles in Ordnung, doch nicht auszudenken, wenn die Kräutersuds eines Tages bei einem unheilbar Kranken versagten …

„Urgroßmutter, Urgroßmutter!" Atemlos ließ sich Maria zu ihren Füßen fallen.

**36**

Die Greisin strich dem Mädel die Haare aus dem erhitzten Gesicht.

„Hol erst einmal tief Luft …"

„Urgroßmutter, meinst du, Janosch könnte beim Turnier mitreiten?" Nun war es heraus.

„Ich weiß nicht, ob das erlaubt ist. Da müsste ich beim Fürsten vorsprechen …"

„Bitte! Kein Gadcho kann so reiten wie er."

Nachdenklich sah die alte Frau ihre Urenkelin an. Eben, kein Gadcho …

Die schrägen grünen Augen versprühten eine unglaubliche Lebenslust, das lockige blonde Haar war mit einem roten Tuch aus dem gebräunten Gesicht zurückgebunden. Schon seit einigen Monaten verzichtete Maria darauf, Ruß zu benutzen. Abgesehen davon, dass Brunhilde dunkle Haare hatte, war ihre Tochter ihr jedoch wie aus dem Gesicht geschnitten.

„Ich werde sehen, was ich tun kann. Aber mach Janosch nicht schon im Voraus falsche Hoffnungen …"

Eine heftige Umarmung, die sie fast zu Boden riss – und schon war das Mädel auf und davon. Ein Ausbund an Temperament.

Dann wandte Katharina sich wieder Brunhilde zu, die soeben verschiedene Holzlöffel und in der Stadt erstandene Stoffe und Garne auf der Wiese ausbreitete.

# 9

Brunhilde liebte die Besorgungen und Tauschgeschäfte. Auch heute hatte sie wieder einen Korb frischer Walderdbeeren dabei und aus Lederstreifen geflochtene Armbänder.

Fröhlich vor sich her summend ging sie leichtfüßig den Weg zur Stadt hinunter, als sie plötzlich Pferdegetrappel hinter sich hörte und zur Seite sprang.

„Heda, schönes Weib, wohin des Weges?" Der Fremde hatte sein edles Ross zum Stehen gebracht und lachte sie fröhlich an.

„In die Stadt, der Herr", antwortete Brunhilde noch etwas atemlos. Ebenso edel wie sein Pferd war auch der Reiter in seiner Kleidung aus feinem Tuch. Wie ein Phantom war er aufgetaucht und ganz sicher adlig. Vielleicht gar jemand aus der Familie des Fürsten? Der Fürst persönlich konnte es ja nicht sein, dazu war er zu jung. Doch vielleicht sein Sohn?

„Verzeiht, ich habe mich noch nicht vorgestellt. Wie unhöflich von mir!" Der Schalk blitzte aus seinen hellen Augen. „Hans Wilhelm Rubenstein, ebenfalls auf dem Weg in die Stadt."

„Brunhilde Müller", murmelte sie. Mit einem Rubenstein konnte sie freilich nicht mithalten. Doch den Fremden schien das nicht zu stören.

„Soll ich Euch mitnehmen?" Einladend klopfte er auf den Sattel. Feine Röte überzog Brunhildes Gesicht.

„Das wäre wohl kaum schicklich, Herr Rubenstein."

Lachend zog er seinen Hut. „Dann bis nachher in der Stadt!"

Und schon preschte er an ihr vorbei.

Wo der Mann wohl herkam? Grübelnd sah sie ihm hinterher, bis er ihren Blicken entschwand, und setzte sich dann langsam in Bewegung. Er hatte etwas an sich, so etwas Vertrautes. Sie konnte es nicht genau beschreiben, aber der Reiter hatte einen großen Eindruck auf sie gemacht. *Schlag ihn dir aus dem Kopf,* dachte sie, *er gehört einer anderen Schicht an als dein verstorbener Ehemann, wenngleich er dich in irgendeiner Weise an ihn erinnert.*

Und dann wusste sie es plötzlich, es war der Ausdruck in seinen grauen Augen, dem sie sich nur schwer entziehen konnte. Was, wenn sie ihn in der Stadt wirklich wiedersah? Das durfte nicht geschehen. Es passte nicht! Und doch hoffte sie insgeheim, dass er dort irgendwo auf sie wartete.

Nachdem sie vergeblich nach einem braunen Pferd Ausschau gehalten und inzwischen alle Erdbeeren verkauft hatte, tauschte sie ihre Lederarmbänder gegen einen kleinen Schinken, etwas Butter und ein Stück Käse ein und schlenderte dann in Gedanken versunken über den Markt. An einem Stand mit Tüchern blieb sie stehen. Doch das smaragdgrüne mit den eingewebten Silberfäden, das ihr so gut gefiel, war natürlich viel zu teuer.

„Ein besonderer Stoff, kam weit her übers Meer, aus dem Orient. Fein gewebt, so etwas wird hier gar nicht hergestellt. Fühlt einmal“, pries der Händler seine Ware an. Brunhilde zauderte, ließ das seidige Tuch durch ihre Finger gleiten. Mit dem Kauf wäre ein Großteil ihres heute verdienten Geldes dahin. Entschlossen schüttelte sie den Kopf und ging schnell weiter, achtete nicht auf das Geschimpfe hinter ihr. „Alles anfassen und dann doch nichts kaufen, dahergelaufenes Gesindel!“

An einem Stand mit Met blieb sie aufatmend stehen, hier konnte man das Gezeter nicht mehr hören. Der Geruch von gegrilltem Fleisch stieg ihr verführerisch in die Nase. Es war Zeit

**39**

heimzukehren, wollte sie nicht alles Geld gleich wieder ausgeben.

Auf dem Weg den Hang hinauf sah sie sich mehrmals erwartungsvoll um. Aber nichts geschah, kein Getrappel war zu hören. Seufzend bog sie auf den kleinen Pfad ab, der in mehreren Kurven zum Lager führte.

Und da stand er – Brunhildes Herzschlag setzte für einen Moment aus – ihr Prinz auf dem braunen Pferd: Hans Wilhelm Rubenstein! Zur Begrüßung schwenkte er etwas Grünes. Ja, das war doch …

„Mein Tuch!", rief sie überrascht.

„Euer Tuch? Soweit ich mich erinnere, habe ICH es erstanden!" Wieder dieses amüsierte Blitzen in den Augen und dann ein lautes Lachen.

„Ihr könnt es haben! Mir steht es ohnehin nicht so richtig. Doch zu Euren grünen Augen passt es wunderbar!" Schon war er abgestiegen, bevor Brunhilde etwas sagen konnte, und wand ihr das Stück Stoff kunstvoll um den Kopf.

„Wie eine vom fahrenden Volk seht Ihr jetzt aus!"

Brunhilde schnappte nach Luft und fühlte, wie ihr die Röte heiß in die Wangen stieg.

Sollte sie den Mann aufklären? Oder …

Doch der saß bereits auf und schwenkte zum Abschied seinen Hut: „Bis bald, holde Jungfer!" Sie konnte ihm nur noch ihren Dank hinterherrufen, da war er auch schon in einer Staubwolke verschwunden.

Er musste sie die ganze Zeit über auf dem Markt beobachtet haben. Wie sonst hätte er wissen können, wie sehr sie gerade dieses Tuch begehrte. Und plötzlich überflutete ein Lächeln ihr

**40**

Gesicht. Er hatte es für sie gekauft und ihr dann geschenkt. Jungfer? Ach, wenn er wüsste! Und sie sah nicht nur aus wie eine vom fahrenden Volk. Düstere Wolken legten sich plötzlich vor die Sonne. Der Fremde und sie … es konnte niemals etwas daraus werden. Aber sicher wollte er sowieso nur freundlich sein. Oder gar ein makabres Spiel mit ihr spielen? Nur ganz kurz tauchte dieser Gedanke auf und verflog wieder. Brunhilde beschloss, die Angelegenheit für sich zu behalten. Nicht auszudenken, wenn die *Pury Dai* davon erfuhr!

# 10

Die Tage zogen ins Land, und ein früher Herbst kündigte sich schon jetzt im August an. Katharina zog fröstelnd ihr Tuch fester um die Schultern. Immer öfter fror sie jetzt und sehnte sich nach den wenigen warmen Sonnenstrahlen, die vereinzelt durch dunkle Wolkenberge drangen. Der Sommer war viel zu kühl gewesen, zumindest war es ihr so vorgekommen.

*Vielleicht ist es auch nur das Alter*, dachte sie und ließ sich auf einem Baumstumpf nieder. Sehnsuchtsvoll schweiften ihre Gedanken in die Ferne - zu längst vergangenen Tagen, in denen sie jung und schön war und Leonardo um sie warb. Er war gut aussehend, heiß begehrt und hatte ihr Herz im Sturm erobert. Eine prunkvolle Hochzeit war es gewesen, die zwei befreundete Sippen noch enger zusammenführte und schließlich vereinte. Entgegen dem Wunsch, viele Kinder zu haben, hatte sie nur ein mageres kleines Mädchen geboren, mit zornigen schwarzen Augen und einem sehr eigenwilligen Charakter. Weitere Babys blieben ihr versagt. Doch Leonardo war zufrieden und behandelte sie wie eine Königin. Als er durch den Tod seines Vaters zum Anführer ihrer Sippe ernannt wurde, gewann sie noch an Ansehen. Mariana, das kleine Töchterchen, machte ihnen jedoch zunehmend Kummer. Das Kind war arrogant und selbstsüchtig. Als Katharina sie einmal mit hinunter in die Stadt zu einem Fest nahm, bewunderte das Mädchen lediglich die vornehmen Frauen der gehobenen Gesellschaft in ihren kostbaren Kleidern und hatte keinerlei Blick für das bunte Treiben und die Jahrmarktsvorstellungen.

„Ich will nicht mit dir zurückkehren, dort gehöre ich nicht hin!", hatte sie geschrien und sich zornig zu Boden geworfen. „Warum wohnen wir nicht hier in einem richtigen Haus? Und warum habe ich nicht auch so schöne Kleider?"

Katharina war das sehr peinlich gewesen. Schnell hatte sie das zeternde Kind mit sich gezogen, fort von den missbilligenden Blicken der Stadtbewohner.

„Dahergelaufenes Pack!" „Wegelagerer", „Was kann man von denen schon erwarten?" „Gauner!" So schallte es hinter ihnen her, und die geplagte Mutter schwor sich, ihre Tochter nie wieder mit in die Stadt zu nehmen.

Doch Mariana lief heimlich fort und geriet immer wieder in Schwierigkeiten. An den Ständen nahm sie einfach, was ihr gefiel, und nicht selten kehrte sie mit klebrigen Süßigkeiten und später mit gestohlenem Schmuck zurück. Nicht immer blieb das unentdeckt, und manchmal mussten sie den Betroffenen eine Art Lösegeld zahlen, damit das Kind nicht im Arrest landete. Einmal hatten die Ordnungshüter Mariana trotzdem aufgegriffen und zwei Tage ohne Essen und Trinken in einen dunklen Raum gesperrt. Sie wurde schließlich freigelassen, doch sollte sich das wiederholen, würde man die gesamte Sippe des Landes verweisen, so hieß es.

Als Mariana älter wurde, trieb sie sich mit den Männern in der Stadt herum – und eines Tages war sie in guter Hoffnung. Katharina hatte so eine Schande schon lange befürchtet. Der als Vater des werdenden Kindes benannte Krämer wies jeden Verdacht von sich. Er würde doch nie mit so einer Dahergelaufenen …

Beweisen konnte man dem bereits verheirateten Mann nichts, und so bezahlte Leonardo nach langem Überlegen einen Jüngling aus ihrer Sippe, der daraufhin die Vaterschaft zugab und die Ehre Marianas zumindest nach außen hin rettete. Brunhilde wurde geboren, ein lachender kleiner Schelm mit grünen Augen.

„Wo hat sie nur diese seltsame Augenfarbe her?", fragte sich so manch einer im Lager. Doch das wurde nie laut ausgesprochen. Zu viel Respekt hatte man vor der Familie.

Wenige Tage nach der Geburt setzte sich der Jüngling ab, keiner wusste, wohin er verschwunden war, doch jeder konnte sich denken warum.

Mariana war wie immer mürrisch und unzufrieden mit sich und der Welt. Stundenlang ließ sie ihr Baby schreien, und wenn Katharina nicht gewesen wäre, hätte Brunhilde wohl verhungern müssen. Die Oma nahm sich des zarten kleinen Mädchens an und liebte das Kind bald mehr als ihr eigenes.

Und dann eines Tages war Mariana fort, spurlos verschwunden wie zuvor ihr Ehemann. Katharina nahm Brunhilde zu sich und war glücklich mit dem kleinen Sonnenschein, der so lieb und anhänglich war. Insgeheim atmete sie auf. Mochte ihre Tochter woanders glücklich werden, hier konnte oder wollte sie es anscheinend nicht. Leonardo nahm es gelassen, er hatte nie eine rechte Beziehung zu Mariana gehabt. Als jedoch Jahre später auch Brunhilde das Lager verließ, um dem Fremden in seine Welt zu folgen, wurde er krank und verstarb nur knapp ein Jahr später. Vielleicht war es der Kummer, der ihm das Herz brach, oder aber der zähe Husten, der sich auf seine Lunge legte und

**44**

nicht mehr weichen wollte. Verstohlen wischte sich die *Pury Dai* über die Augen.

Doch Hel hatte Erbarmen mit ihr. Sie schickte Janosch. Das Leben war ein Kommen und Gehen, ein Nehmen und Geben. Wo Licht war, war auch Schatten, und man wusste das Licht immer erst dann zu würdigen, wenn man selbst auf der Schattenseite stand. Jetzt war sie fast schon im Winter des Lebens angekommen, Frühling und Sommer lagen hinter ihr, doch auch der Herbst hatte seine Reize. Er hatte ihr Brunhilde zurückgegeben und dazu die kleine Maria, das Kind mit den hellen Haaren der Gadche.

Sie atmete tief durch und wandte ihr Gesicht den jetzt wärmenden Sonnenstrahlen entgegen. Die dunkle Wolke war endlich vorbeigezogen.

# 11

Die Zeit der Festspiele rückte unaufhaltsam näher. Janosch lag ihr in den Ohren, und so machte sich die *Pury Dai* eines Tages zur Burg auf, in der der Fürst wohnte und über sein Land regierte.

„Du weißt, dass dein Wunsch ein Ding der Unmöglichkeit ist", sagte er bekümmert und strich sich durch den eisgrauen Bart.

„Es war auch ein Ding der Unmöglichkeit, Euer Kind vom Fieber zu heilen. Jedenfalls behaupteten das die Mediziner und hatten ihn schon aufgegeben, als Ihr mich gerufen habt. Erinnert Ihr Euch?" Er erwiderte Katharinas durchdringenden Blick und sah dann beschämt zu Boden.

„Wie könnte ich das je vergessen? Du hast ihm damals das Leben gerettet, aber ich habe dich dafür auch fürstlich belohnt …"

Ungeduldig winkte die *Pury Dai* ab.

„Ich weiß! Aber es ist für Euch doch eine Kleinigkeit …"

„Nein, das ist es durchaus nicht! Er ist einer vom fahrenden Volk, einer aus dem Lager. Wie soll er unerkannt beim Turnier antreten? Du ahnst ja nicht, was geschieht, wenn herauskommt, woher er stammt."

„Das wird es nicht. Soweit ich weiß, nehmen Männer aus dem ganzen Fürstentum teil, und zudem treten die Reiter kostümiert gegeneinander an. Also beruhigt Euch", schmunzelte die alte Frau.

„Wenn er nun aber gewinnt?! Spätestens dann fliegt seine Tarnung auf!", wandte der Fürst erregt ein.

Katharina schüttelte den Kopf. „Er reitet zwar gut, aber dennoch glaube ich nicht, dass er eine wirkliche Chance hat. Und wenn doch, dann könnten wir einen Decknamen benutzen. Er wünscht sich seit Jahren nichts anderes, als einmal an so einem Turnier teilzunehmen. Er ist ganz vernarrt in Pferde – und vielleicht hat er auch ein Auge auf den Preis geworfen."

Der Fürst überlegte. „Das ist ein wunderschöner Fuchs, ein edles Tier aus meiner eigenen Züchtung. Nun, ich kann den Jungen ja verstehen. Also gut! Aber es darf nicht bekannt werden, wer er ist, sonst gerate ich in Verruf und er in Teufels Küche."

Nachdenklich verließ die *Pury Dai* die Festung auf ihrem Rappen. Sie war noch immer eine gute Reiterin. Hatte der Fürst nicht alle Macht in seinem Reich? Oder waren auch ihm die Hände gebunden? Die Verbote, die man ihrem Volk auferlegte, kamen von weit höherer Stelle, das wusste sie. Auf keinen Fall wollte sie dem netten Fürsten schaden. Schließlich hatte er der Sippe einen guten Lagerplatz zugewiesen und dafür gesorgt, dass sie hier in Frieden leben konnten. Das war durchaus nicht überall so.

Als sie im Lager ankam, traute sie ihren Augen nicht. Etwas Helles schoss an ihr vorbei, jemand schrie, der Rappe scheute und ließ sich nur mit Mühe beruhigen.

Verzweifelt klammerte sich die kreischende Maria an der Mähne der weiß gefleckten Stute fest, die augenscheinlich durchgegangen war. Janosch raste barfuß hinterher und fuchtelte mit den Armen. Kurz darauf blieb das Pferd stehen, es hatte Brombeersträucher am Wegesrand entdeckt und beschnupperte diese seelenruhig, während das Mädchen zitternd von seinem Rücken glitt.

Nachdem Katharina Maria beruhigt hatte, nahm sie sich Janosch zur Brust.

„Habt ihr jetzt völlig den Verstand verloren? Ihr wisst doch ganz genau, dass Liese kein Reitpferd ist, sie ist eigensinnig, dickköpfig und unberechenbar. Maria hätte sich das Genick brechen können! Janosch!"

Der Junge war geknickt und zog den Kopf zwischen die Schultern.

„Es war nicht seine Schuld, Urgroßmutter!" Das Mädel schluchzte.

„Er versuchte, mich ja noch aufzuhalten. Ich wollte ihm doch nur zeigen, dass ich auch reiten kann."

„Ja, das hast du damit nun ja auch ausreichend bewiesen." Katharina war noch immer stinksauer. „Man kann euch wirklich keine fünf Minuten aus den Augen lassen! Macht, dass ihr wegkommt!"

„Großmutter." Zaghaft zupfte der Junge sie am Ärmel. „Was hat der Fürst denn nun gesagt?"

„Was soll er schon gesagt haben? Von einer neuen Verordnung für die Bauern redete er – und dass wir dieses Jahr mit einem frühen Winter zu rechnen haben." Verärgert drehte sie sich um, und Janosch wusste, dass er heute nichts weiter erfahren würde.

# 12

Auf den kühlen regnerischen August folgte ein überraschend warmer trockener September. Seitdem Janosch wusste, dass er an den Reiterspielen teilnehmen durfte, übte er täglich auf Tibby, dem Rappen. Der Fürst duldete beim Turnier keine Schwerter, es ging allein um Schnelligkeit und Geschicklichkeit. Einzig Stöcke waren erlaubt, um den Gegner vom Pferd zu stoßen, doch auch das war schon schlimm genug. Nicht auszudenken, wenn der Junge stürzen und von den Hufen eines Pferdes getroffen würde.

„Mir passiert schon nichts", behauptete Janosch. „Ich stehe unter dem Schutz von Hel und Kali. Und ich werde das Pferd gewinnen!" So viel Stolz und Gottvertrauen!

Der Fürst zeigte sich mehr als großzügig, denn ein Pferd als Preis war durchaus nicht üblich. Aber der junge Fürst kehrte zurück an den Hof, seine Ausbildung war beendet, und das musste gebührend gefeiert werden. Auch das einfache Volk sollte daran teilhaben und fürstlich bewirtet werden, im wahrsten Sinne des Wortes.

Vorerst aber jagte der Junge mit wildem Gebrüll über Stock und Stein und schwenkte dabei einen dicken Ast durch die Luft. Maria stand am Wegesrand, und Katharina sah die Bewunderung in ihren leuchtenden Augen. Die alte Frau seufzte leise. Wenn das nur gut ging!

Brunhilde saß abseits auf einem Baumstumpf und hing ihren düsteren Gedanken nach. Wo er wohl sein mochte, ihr edler Ritter? Über alle Berge! Was wusste sie schon von ihm? Sicherlich verschwendete er keinen Gedanken mehr an sie. Aus

49

den Augen, aus dem Sinn! Was sollte er auch mit so einer wie ihr?

Ein Kienappel traf sie hart am Rücken. Verärgert drehte sie sich um und schaute in grinsende Gesichter. Die Kinder waren unglaublich dreckig, doch ihre dunklen Augen waren lebendig und strahlten mit der Sonne um die Wette. „Ihr kleinen Schmutzfinken!" Gegen ihren Willen musste sie plötzlich lachen und merkte, wie die schlechte Laune verschwand. Noch immer lachend griff sie nach einem Tannenzapfen und warf ihn nach den johlenden Kindern, die sich duckten und kichernd davonrannten. Sie packte sich eines der kleinen Mädchen, Amalia, und schleppte das um sich boxende und tretende Kind zur Quelle. „Nun bekommst du erstmal ein Bad!" Die Kleine wehrte sich mit Händen und Füßen und schreckte vor dem kühlen Nass zurück. Vergeblich! Erbarmungslos tauchte Brunhilde Amalia in das sprudelnde Wasser. Mit blitzenden Augen und geballten Fäusten schrie das Mädel: „Heute ist kein Waschtag, du!"

Brunhilde grinste wissend. Am Waschtag wurde Wasser in Kübel und Wannen gefüllt, zuerst die schmutzige Wäsche von den Müttern darin eingeweicht und danach die Kinder, falls man sie erwischte. Das war immer ein Spektakel, da die Kleinen schnell Lunte rochen und immer wieder neue Verstecke fanden, um der Prozedur zu entgehen.

Amalia gab auf. Nass aber sauber und mit rosigen Wangen lief sie folgsam neben Brunhilde her. Im Wohnwagen wurde sie trocken gerubbelt und bekam ein grünes Kleid, das sie sich zu ihrem Entzücken selber aussuchen durfte, aus der Kiste.

Mit ihren dicken Fingerchen hatte sie darauf gezeigt: „Das da! Das hat die gleiche Farbe wie deine Augen!"

Mit den Worten: „Nun bist du wieder schön", wurde sie entlassen und gesellte sich sofort zu ihren Spielkameraden, die alles aus sicherer Entfernung beobachtet hatten.

Die junge Frau sah den Kindern nachdenklich hinterher. Das, was sie nie für möglich gehalten hatte, war geschehen: Sie hatte sich an das Leben hier gewöhnt. Nur ganz selten noch dachte sie an die Stadt zurück. Und Maria fühlte sich wohl, das war die Hauptsache. Das einsame und einst so schüchterne kleine Mädchen war förmlich aufgeblüht. Und das hatten sie vor allem Janosch und der *Pury Dai* zu verdanken. Zärtlich strich sie Elsa, die sich soeben auf ihrer Schulter niederließ, über das glänzende Gefieder. Der Vogel trug auch seinen Anteil daran, er hatte sie schließlich nach Hause gebracht. Die Elster legte den Kopf schief und sah sie aus klugen Augen an, bevor sie Brunhilde kräftig ins Ohrläppchen zwickte.

„Du hast ja Recht! Ich wollte hier nicht bleiben, aber es war wohl doch alles richtig so. Hier sind wir in Sicherheit, Elsa!"

# 13

Die Vorbereitungen für die Festlichkeiten dauerten an. Überall wurden eifrig Kostüme gefertigt, denn beim Turnier durfte kein Teilnehmer erkannt werden. Einzig der Sieger würde bei der Preisübergabe seine Maske lüften. Auch im Lager wurde emsig genäht.

„Schau mal, nun ist es fast fertig!" Mit glänzenden Augen hielt Brunhilde das Kostüm eines Harlekins in die Luft, das sie aus bunten Stoffresten zusammengestückelt hatte. Janosch schob mürrisch seine Unterlippe vor.

„Darin sehe ich ja aus wie ein Gaukler auf dem Jahrmarkt", beschwerte er sich.

„Was bist du schon anderes als ein Gaukler inmitten dieser feinen Herren!" Das war die *Pury Dai*, die sich nur mit Mühe das Lachen verbeißen konnte. Dann lenkte sie ein: „Probiere es an, es wird dir hervorragend stehen. Und es wird noch mehr dort von dieser Sorte geben, glaube mir."

Ausschlaggebend war aber schließlich, dass Maria Janosch in dem Kostüm wunderschön fand. Sie tanzte um ihn herum und klatschte begeistert in die Hände:

„Nun musst du nur noch gewinnen!"

„Bloß nicht! Dann muss er seine Maske abnehmen und wird erkannt!"

Katharina sah ihren Ziehsohn warnend an. Doch der flüsterte Maria verschwörerisch zu: „Ich werde gewinnen. Wozu mache ich sonst wohl mit?"

Das Wetter am Festtag zeigte sich von seiner schönsten Seite, außergewöhnlich warm für die Jahreszeit, mit strahlendem Sonnenschein. Der Burgplatz war festlich herausgeputzt. Verschiedene Bretterbuden waren aufgebaut, in einer wurde ein Puppenspiel mit Holzfiguren aufgeführt, in einer anderen gab es buntes Zuckerwerk für die Kinder. Auf einem Podest war bereits ein Tisch für den Fürsten und die Reichen der Stadt eingedeckt. Das einfache Volk würde später sein Grillfleisch auf einem Stück Brot in die Hand gedrückt bekommen und sich damit irgendwo am Boden niederlassen. Doch vorerst gab es fröhliche Musik und unterschiedliche Darbietungen. Ein Gaukler trieb seine Späße, und Schausteller führten Tänze und Kunststücke vor. Ein Bader pries eine Salbe gegen Rheuma an und zog Zähne ganz ohne Betäubung. Der Patient saß dabei auf einem Hocker und bekam eine Schale in die Hand gedrückt, die das Blut auffing. Das ging aber alles so schnell, dass Brunhilde berechtigte Zweifel hegte, ob dabei auch immer der richtige Zahn der Zange zum Opfer fiel.

Der Fürst erschien, und die Gäste verrenkten sich förmlich den Hals, um seinen Sohn zu sehen. Man munkelte, er sei ein schmächtiger junger Mann, der sich jedoch bester Gesundheit erfreute, nachdem eine Frau des fahrenden Volkes ihn einst vom tödlichen Fieber geheilt hatte.

In einer Reihe hatten sich die Reiter für das Turnier versammelt. Maria entdeckte Janosch in seinem bunten Kostüm auf Tibby. Wie die anderen trug auch er eine Gesichtsmaske, jedoch keinen Helm als Kopfbedeckung, denn es sollte ein rein sportliches Kräftemessen werden, wenn auch als einzige Waffe Stöcke erlaubt waren um den Gegner zu behindern. Jeder Teilnehmer ritt einzeln seine Runde über den abgesteckten Platz, vorbei an den jubelnden Zuschauern, die erwartungsvoll zu beiden Seiten standen. Der Fürst hielt eine kurze Ansprache, kündigte den ausstehenden Gewinn an und wünschte allen Teilnehmern viel Glück. Ein Tusch ertönte, das Startsignal wurde gegeben, und die Menge hielt erwartungsvoll den Atem an. Drei Runden waren angesagt. Es ging nicht nur um Schnelligkeit, sondern auch um Geschicklichkeit. Die Pferde preschten über kleinere Hindernisse, die aufgebaut waren, die Reiter hielten ihre Konkurrenten mit ihren Stöcken mehr oder weniger erfolgreich auf Abstand. Zwei Reiter waren schon ausgeschieden, da das Pferd des einen ein Hindernis streifte und ein anderer Teilnehmer einfach aus dem Sattel gehoben wurde. In der letzten Runde ging es darum, einen mit Obst gefüllten Korb mit dem Stock vom Boden aufzupicken und zum markierten Ziel zu transportieren, ohne dass auch nur ein Teil herausfiel. Janosch hatte bereits im verlangsamten Ritt seinen Stock durch den Henkel eines geflochtenen Korbes gesteckt, als ein anderer Reiter von der Seite heranpreschte und versuchte, ihm die Beute wieder abzujagen. Die Pferde gerieten aneinander, ein Ruck – und Janosch flog kopfüber auf den Boden, während der andere Reiter triumphierend mit dem ergatterten Korb weiterritt. Maria schrie auf und bahnte sich einen Weg durch die erregte und protestierende Menge, versuchte durch die Absperrung zu gelangen. Sofort wurde sie zurückgehalten. Inzwischen hatte Janosch sich aber schon hochgerappelt und trat benommen zur Seite. Er hatte Glück gehabt, wie leicht hätte er unter die Hufe eines heran galoppierenden Pferdes geraten können. Doch der Preis war nun endgültig verloren. Ein anderer machte das Rennen und gewann den Fuchs, den er selbst so gerne besessen hätte.

Aber nicht sein Konkurrent kam als erster mit seinem Korb durchs Ziel, sondern ein großer schlanker Mann in perlgrauem Kostüm mit schwarzer Maske, der auf einem braunen Pferd ritt.

„Und der Sieger ist …" Der Fürst hatte sich feierlich erhoben, als der Reiter seine Maske abnahm. Jemand flüsterte dem Fürsten etwas ins Ohr, der neigte seinen Kopf und nickte. Ein Raunen ging durch die Menge. „Hans Wilhelm Rubenstein! Wie kann es auch anders sein! Herzlichen Glückwunsch, alter Knabe!"

In der Zuschauermenge griff sich eine Frau in bunten Röcken ans Herz und schnappte nach Luft. Fassungslos sah sie auf das Podest. Ja, er war es wirklich! Und der Fürst schien ihn zu kennen. So lange hatte sie auf ein Lebenszeichen gewartet, und nun hatte er den großen Preis geholt, den Janosch gewinnen wollte. Und wahrscheinlich hätte er ihn auch gewonnen, wenn der andere ihm den Korb nicht abgejagt hätte. Der arme Junge stand noch immer wie angewurzelt neben der Absperrung, Tibby graste friedlich an seiner Seite, und Maria legte tröstend die Hand auf seine Schulter.

Der Gewinner nahm soeben den heiß ersehnten Preis in Empfang, und ein Zittern ging durch Janoschs Körper. Er durfte keine Tränen vergießen, sich keine Blöße geben vor Maria. Doch es tat weh – nicht nur sein Kopf – sondern irgendetwas tief drinnen in seiner stolzen Seele.

„Es ist einfach ungerecht", sagte das Mädchen gerade.

**55**

Janosch zwang sich zu lächeln, doch Maria wusste genau, wie es in ihm aussah, spürte seinen Schmerz gerade so, als sei es ihr eigener.

„Ich habe teilgenommen am Turnier, nur das zählt", entgegnete er tapfer. „Beim nächsten Mal gewinne ich ganz bestimmt!" Doch sie wussten beide, dass es für ihn kein nächstes Mal geben würde.

Von den Holzfeuern duftete das gegrillte Fleisch, und plötzlich merkten sie, wie hungrig sie waren, nach all den Stunden des Wartens.

„Komm", sagte Maria leise und zog ihren Freund mit sich. Der Gewinner nahm am Ehrentisch des Fürsten Platz.

„Du hast dein Bestes gegeben, kleiner Adler, wir sind stolz auf dich", sagte die *Pury Dai*, die mit den Frauen etwas abseits gegessen hatte.

Maria kehrte mit Brot und Fleisch zurück und reichte Janosch seinen Anteil, bevor sie sich ein Stück weiter niederkauerte, um zu essen.

„Großmutter, ich wollte das Pferd gewinnen und es dir dann schenken", sagte er leise und senkte beschämt den Kopf.

„Nein, mein Junge, das hätte ich nicht angenommen. Ich habe doch meinen Tibby. Er hat mich nun schon so viele Jahre treu begleitet. Wenn du den Fuchs gewonnen hättest, wäre er dein. Doch du bist jung und kannst noch viele Pferde gewinnen." Seufzend erhob sie sich.

„Die Dunkelheit bricht herein, es ist ein schönes Fest, doch nun wird es langsam Zeit zu gehen!"

„Nur ein wenig noch, Großmutter! Schau wie hell die Feuer heute brennen. Die Sterne leuchten und werden uns den Weg durch die Dunkelheit weisen."

Wie konnte sie Janosch seinen Wunsch gerade heute abschlagen?!

Brunhilde hatte schweigend gegessen, ohne den Blick vom Tisch des Fürsten abzuwenden. Doch trotz ihrer scharfen Augen konnte sie auf die Entfernung nicht allzu viel erkennen.

Sie fuhr zusammen, als sie plötzlich Schritte neben sich hörte und sah auf.

„Ich habe Euch überall gesucht! Hier habt Ihr Euch also versteckt! Inmitten des fahrenden Volkes!", schmunzelte Hans Wilhelm Rubenstein und ließ seinen Blick vergnügt kreisen.

Dunkle Augen starrten ihn an – und plötzlich verstand er.

Die *Pury Dai* erhob sich würdevoll, und er hatte das Gefühl, ihre Augen würden ihn bis in seine tiefste Seele durchdringen.

Im Mondlicht leuchtete das Harlekinkostüm des Jungen, der gierig sein Mahl verschlang und ihn dabei neugierig musterte.

Das war doch der Mann, der das Pferd gewonnen hatte, das eigentlich ihm, Janosch, zustand. Was suchte der hier?

Der Fremde ging einen Schritt auf den Kauernden zu, der jetzt aufsprang und instinktiv zurückwich. Inzwischen waren mehrere Männer und Frauen aufgestanden und schienen eine bedrohliche Mauer zu bilden.

„Ich habe gehört, was passiert ist. Wenn du nicht zu Sturz gekommen wärest, würde der Fuchs jetzt wahrscheinlich dir gehören. Es tut mir sehr leid, denn du bist ein guter Reiter und hättest den Preis ebenso verdient wie ich", sagte er leise zu Janosch und streckte die Hand aus. Der war überrascht, wischte

**57**

seine fettige Hand schnell an der Hose ab und schlug ein. Damit war das Eis gebrochen. Die Leute entspannten sich und ließen sich nieder, um ihre Gespräche fortzuführen.

Doch die *Pury Dai* blieb wachsam. Sie ließ sich nicht täuschen. Der Besuch des Gadcho galt nicht Janosch. Was wollte der Fremde von ihrer Enkelin? Gerade jetzt stand er wieder sehr nahe bei ihr, was durchaus nicht schicklich war.

„So wohnt Ihr also wirklich in dem Lager dort oben?", fragte er leise, und sie nickte stumm mit klopfendem Herzen.

Dann wandte er sich an Katharina.

„Wenn Ihr es gestattet, werde ich die Tage einmal vorbeikommen und dem Jungen ein Geschenk bringen, als Entschädigung sozusagen", sagte er freundlich. Sie nickte kurz, und er verneigte sich höflich, bevor er lautlos in der Dunkelheit verschwand.

Skeptisch und mit einem unguten Gefühl sah sie ihm hinterher.

Dann nahm sie Brunhilde beiseite.

„Halte dich fern von dem Fremden. Er bringt dir kein Glück", raunte sie. Doch in den Augen ihrer Enkeltochter tanzten Schmetterlinge – und da wusste die alte Frau, dass es bereits zu spät war.

# 14

Die Tage und Wochen gingen ins Land. Trockenes Wetter wich heftigen Regenfällen. Katharina hustete. Bald würde das Fieber ins Lager zurückkehren. Brunhilde hatte den Weg in den Ort hinunter gescheut. „Bei dem Wetter jagt man keinen Hund vor die Tür", sagte sie und machte es sich mit den Kindern im Wohnwagen gemütlich. Gerne lauschten sie den Geschichten aus einer ihnen fremden Welt. Die alte Frau lehnte sich müde an ihre Kissen und döste vor sich hin. Jetzt spürte sie wieder jeden ihrer Knochen. Doch plötzlich hob sie den Kopf. Leises Hufgetrappel auf weichem Boden, für ungeschulte Ohren kaum hörbar. Und dennoch … ihre Sinne waren geschärft. Wer kam bei diesem Regen bis ins Lager hoch? Und dann wusste sie es! Er war es!

Mit einem Ruck fuhr Brunhilde hoch und starrte zum Eingang. „Erzähl doch weiter!", forderte der kleine Pepe. Da erschien der Kopf des Fremden an der offenen Wohnwagentür. Wasser floss in Rinnsalen von seinem grauen Hut, doch seine Augen suchten unverdrossen im Halbdunkel des Wagens umher.

„Janosch!" Er winkte dem Jungen, der jetzt zögerte. Im Sommer machte ihm der Regen nichts aus. Im Gegenteil: Da war jede erfrischende Dusche höchst willkommen. Aber jetzt? Er schauderte und sah Rubenstein verdrossen an. Brunhilde versuchte, ihr Strahlen zu verbergen, senkte den Kopf und biss sich auf die Lippen. Sein Besuch galt dem Jungen, nicht ihr, fuhr es ihr ernüchternd durch den Kopf. Und dennoch … er war gekommen!

Katharina gab Janosch einen Stoß. „Geh schon! Es ist unschicklich, dass der Gadcho hier vor der Tür steht und so hereinstarrt", zischte sie verärgert.

Janosch erhob sich und erstarrte für einen kurzen Moment. Neben dem Fremden erschein jetzt ein anderer Kopf, der eines weißen Pferdes. Atemlos und dennoch würdevoll ging der Junge darauf zu und legte dem Tier zart und liebevoll die Hand an die Nüstern. „Er ist wunderschön", flüsterte er, und das Pferd sah ihn aus samtenen klugen Augen an.

„Sie", sagte Hans Wilhelm Rubenstein schmunzelnd. Janosch blickte verwirrt auf. „Wie?" „Es ist eine Stute. Kannst du dich erinnern? Ich versprach dir ein Geschenk zum Trost. Das Pferd gehört nun dir!"

Inzwischen hatten sich alle Kinder am Eingang des Wagens versammelt, und Janosch sprang die drei Stufen hinunter in den Regen. „Wirklich?" Die Augen des Jungen strahlten, und die Stute stupste ihn aufmunternd an. Der Fremde jedoch schaute weiterhin unverwandt in die Tiefen des Wohnwagens, grad so, als würde er jemanden suchen.

Katharina blickte Brunhilde warnend an, doch die war bereits aufgesprungen. Nichts konnte sie nun noch halten. Ihr Blick traf auf den des Gadcho, und in diesem Moment wurde die Geschichte neu geschrieben.

„Wie willst du die Stute nennen?", fragte sie und sah dabei doch nur Hans Wilhelm an, der förmlich in ihren grünen Augen versank.

„Flocke", erwiderte Janosch vergnügt. „Sie ist so weiß wie eine Schneeflocke!"

**60**

Vergessen waren Regen und Kälte. Die Kinder tanzten singend und lachend über den Platz, Janosch umarmte mit einem Arm das Pferd und mit dem anderen Maria, die mit leuchtenden Augen neben ihm stand. Die alte Frau überwand sich. Schicksalsergeben hob sie die Schultern, erhob sich mit einer ungeahnten Grazie und ging auf den Gadcho zu.

„Ich denke, es ist Zeit für einen Tee", sagte sie freundlich und bestimmt.

Einladend wies sie auf den von einer Plane überdachten Kochplatz mit dem großen Kessel.

„Dann erlaubt mir aber, dass ich das Feuer mache", antwortete der Fremde lächelnd. Neugierig kamen jetzt Männer und Frauen wie aus dem Nichts hervor. Ein Gast war erschienen, ein wichtiger, denn er hatte ein kostbares Geschenk gebracht, ein Pferd, das kostbarste überhaupt. Das Eis war gebrochen.

61

# 15

Der Winter war frostig kalt. Immer öfter war der Fremde nun zu Gast im Lager, und immer öfter ritt er auf seinem Fuchs neben dem schlanken Jungen auf der weißen Stute durch den Schnee. Die Treffen mit Brunhilde fanden nur heimlich statt, fern von den Argusaugen Katharinas, die sich dennoch nicht täuschen ließ. Das Schicksal ging seine eigenen Wege, man konnte es nicht aufhalten, das wusste die alte Frau aus bitterer Erfahrung. Wer war sie, dass sie sich dem Karma entgegenstellen konnte? Es würde nicht leicht werden – doch noch war alles friedlich, täuschend wie das reine Weiß auf den Wegen und Feldern – ein Zauber, der nicht von Dauer war und eines Tages dahinschmelzen würde, um schmutzigen Schlamm zurückzulassen.

Brunhilde ahnte nichts von den düsteren Gedanken ihrer Großmutter. Sie genoss jede Sekunde des Zusammenseins mit Hans, wie sie ihn jetzt nannte. Sie lebten nur für den Augenblick, dachten nicht an die Zukunft.

Maria schloss sich enger denn je an Janosch an. Eine Trennung schien beiden undenkbar, so sehr waren sie bereits zusammengewachsen. Diese Verbindung machte der alten Frau keine Sorgen, im Gegenteil, sie wusste ihre Urenkelin gut aufgehoben bei dem einst so wilden Jungen, der immer mehr zum ernsthaften Mann heranwuchs.

Bedächtig fuhr ihre Hand über die Schneedecke, die sich auf dem großen Stein, der oft als Tisch diente, gebildet hatte.

„Weißes Wunderwerk aus glitzernder eisiger Kälte, du tust meinen Knochen so weh – und dennoch bist du schön, fast wie aus einer fernen Welt", sagte sie leise. Ihre Finger waren gerötet und gekrümmt. Der Schmerz fuhr ihr schneidend durch die Gelenke, und sie unterdrückte einen schrillen Schrei.

Ihre Vorfahren kannten keinen Schnee. Manchmal fühlte sie sich fremd hier, fast wie auf einem anderen Stern, und dennoch gehörte sie hierher, war hier geboren, und vieles war ihr vertraut geworden. Es würde schwer werden, all dies eines Tages hinter sich zu lassen, die Menschen und die Dinge, die sie lieb gewonnen hatte im Laufe der Jahre. Doch es gab kein Ruhen, die Reise musste immer weiter gehen.

Elsa kam geflogen und hockte sich auf ihre Schulter.

„Na, kleine Götterbotin, ist dir auch kalt? Du hast sie zu mir geführt, Brunhilde und Maria. Nun trage ich auch ihre Sorgen zu den meinen mit, und sie sind Teil meines Lebens geworden." Katharina seufzte und sah in den endlosen blauen Himmel.

„Neuer Schnee wird kommen, der Geruch liegt schon in der Luft."

Die Elster legte den Kopf zur Seite und musterte sie mit ihren klugen Augen. „Keck", antwortete sie.

„Ja, es sollte so sein", bestätigte die Großmutter lächelnd. „Alles ist richtig. Hels Wege sind oftmals verworren und geheimnisvoll. Der Fremde wird mir eines Tages nehmen, was mir gegeben wurde, denn nichts auf dieser Erde hat Bestand."

Sie fühlte diese alles lähmende Müdigkeit wieder in sich. Einfach die Augen schließen und ruhen … Doch ihre Aufgaben hier waren noch nicht erfüllt, das wusste sie.

Langsam ging sie auf den Wohnwagen zu, die alte Frau mit dem Vogel auf der Schulter.

**63**

# 16

Die Tage und Wochen gingen ins Land. Der eisige Winter wich einem regnerischen Frühling, der trügerische Hoffnungen weckte.

Hans hatte um die Hand Brunhildes angehalten, doch Katharina blieb hart. Zu schwer lastete die Vergangenheit auf ihren Schultern. Das Orakel verhieß zudem nichts Gutes, diesmal hatte sie sowohl aus den Handlinien des Fremden gelesen als auch die Knochen befragt. Die Zeichen deuteten auf Verrat und Verlust hin. Dennoch war da nichts als Ehrlichkeit im Blick des Gadcho. Würde auch hier der Tod das junge Glück erbarmungslos zerstören? Doch was von alledem konnte sie, Katharina, verhindern? Durfte sie sich dem Schicksal entgegenstellen? Brunhilde hatte trotzig in das Gesicht ihrer Großmutter gestarrt. „Du willst nicht, dass ich mit ihm gehe? Dann werde ich fortlaufen und Maria mit mir nehmen!"

„Gib mir ein wenig Bedenkzeit. Du kennst ihn doch kaum. Er ist uns fremd, gehört nicht zu unserem Volk. Letztes Mal ließ ich dich gehen und setzte dich damit einer tödlichen Gefahr aus. Das Volk deines Mannes hat dich nie anerkannt. In ihrer Welt wirst du ohne Schutz sein. Du weißt, was das bedeutet."

„Mein zukünftiger Gemahl wird mich schützen", sagte Brunhilde mit fester Stimme.

„Ich sehe dunkle Schatten des Unheils …"

„So lass mich zu ihm gehen – der Sonne entgegen, auf dass die Schatten hinter mich fallen."

Katharina sah ihrer Enkelin prüfend in die Augen, und sie hielt dem Blick stand.

**64**

„Ich werde im Sommer entscheiden, wenn die Sonne hoch am Firmament steht. Dann werde ich klarer sehen, Enkelin, so lange musst du dich gedulden, wenn du meinen Segen willst."

Brunhilde wusste, dass diese Entscheidung endgültig war, egal, was sie jetzt auch vorbringen würde. Schulterzuckend ging sie davon, den Kopf weit in den Nacken geworfen.

Katharina sah ihr grübelnd hinterher. Das, was unabwendbar schien, war nur aufgeschoben. Konnte man das Schicksal austricksen? Und wie viel seines Weges konnte man tatsächlich selbst bestimmen? Immer mehr verfiel sie ihren trübseligen Gedanken. Das durfte nicht sein!

Soeben liefen Janosch und Maria Hand in Hand vorbei. Ein Herz und eine Seele. Durfte man die beiden trennen, jetzt, da sie sich gerade gefunden hatten? Nein, auf keinen Fall konnte sie Maria mitgehen lassen. Das einst so schüchterne Mädchen war hier buchstäblich aufgeblüht. Die Gefahren dort draußen, sie wollte und musste Maria vor ihnen bewahren. Die Kleine war ihr im Laufe der Zeit zu sehr ans Herz gewachsen. Und plötzlich wusste sie, worin ihre Aufgabe bestand.

„Urgroßmutter, können wir heute mal wieder backen? Vielleicht Pfannkuchen mit Sirup? Schade, dass noch keine Beeren reif sind um diese Jahreszeit!"

Lachend lief das Mädel auf sie zu. Janosch hatte sich inzwischen zu einer Gruppe junger Männer gesellt. Dort schien man eifrig zu beratschlagen. Es gab immer etwas, das im Lager ausgebessert oder geplant werden musste, und die alte Frau schmunzelte, wie engagiert alle dabei waren. Besser als rumzulungern oder zu stehlen. Schon jetzt nahm Janosch eine Art führende Rolle ein. Er wurde geachtet und respektiert, brachte

**65**

gute Ideen ein und sorgte dafür, dass diese auch gezielt umgesetzt wurden. So ging es letztens um den Bau eines Hühnerstalls, wo die Tiere vor Füchsen und Unwettern geschützt waren.

Noch immer lächelnd wandte sie sich ihrer Urenkelin zu.

„Sag mir, womit du die Pfannkuchen füllen möchtest, und ich besorge alles, was du dazu benötigst."

„Wir backen doch aber zusammen, oder?"

„Wenn du mich dabei haben möchtest …"

Katharina war froh über die Ablenkung. Jetzt standen die Pfannkuchen eindeutig im Vordergrund. Alles andere hatte noch genug Zeit.

Mit einem Korb in der Hand machte sie sich auf den Weg zum neu gebauten Hühnerstall. In einem abgetrennten Pferch grunzte Lisa, die gerade ihre fünf Ferkel säugte. Vor einigen Wochen hatte Janosch das abgemagerte Tier im Wald gefunden und aufgepäppelt. Bald darauf hatte die Sau geworfen. Daraufhin beschleunigte sich der Bau des Stalles enorm. In kurzer Zeit konnte Lisa samt Ferkeln, ebenso wie die Hühner, in ihr neues Zuhause einziehen. Es war schon behaglich im Lager – wenn nur die kalten Winter nicht wären! Immer mehr machten sie Katharina zu schaffen. Früher hatte ihr das viel weniger ausgemacht, obwohl sie die kalte Jahreszeit nie wirklich gemocht hatte. Die Bäume, die wie Skelette ihre Arme anklagend gen Himmel erhoben. Erfrorene Pflanzen …ein Hauch von Tod. Ach, Unsinn, ein langer Sommer lag vor ihr, der hoffentlich warm genug sein würde, ihre alten Knochen zu wärmen. Mit einer Handbewegung scheuchte sie die düsteren Gedanken fort und wandte sich den Nestern zu.

**66**

# 17

„Erzählst du mir von dem Mondamulett?" Maria hatte sich zu Füßen ihrer Urgroßmutter niedergelassen und schaute bittend zu ihr auf. Die alte Frau saß auf einem Baumstumpf in der Mittagssonne, die jetzt schon ein wenig wärmte und den nahenden Sommer verkündete.

„Ja, das Mondamulett, es kam von weit her. Man munkelt, es gehörte einst einer Sultanstochter im fernen Orient, bevor ein Dieb es ihr auf dem Basar vom Hals riss und damit auf Nimmerwiedersehen verschwand."

„Aber wie kam es denn dann in deinen Besitz?"

„Erinnerst du dich, dass ich einst von einer Frau erzählte, die nicht zu unserem Volk gehörte? Nun, sie lehrte mich, aus der Hand zu lesen und mein drittes Auge zu schärfen. Ihr gehörte das Mondamulett."

„Was ist mit ihr geschehen?"

Katharina seufzte.

„Das ist eine lange Geschichte. Aber ich erzähle dir mal alles von Anfang an. Ich war damals noch ein kleines Mädchen, viel jünger als du es heute bist. Man hatte mir verboten, mich vom Lager zu entfernen, doch ich war neugierig und schlich mich immer öfter davon, um die anderen Menschen zu beobachten, jene, die in Häusern wohnten und nicht in Zelten und bunten Wagen. Und eines Tages traf ich sie. An einem Stand mit Süßigkeiten auf dem Markt. Ich hatte kein Geld und betrachtete sehnsüchtig all die Leckereien, die für mich unerreichbar waren. Da drehte sich das Mädel, das etwa in meinem Alter sein musste, zu mir um und sah mich aus strahlend blauen Augen an. Ihr blondes Haar war von einer Haube halb verdeckt, ich werde dieses Bild nie vergessen. Lächelnd drückte sie mir etwas Klebriges in die Hand und ging dann einfach an mir vorbei. Fassungslos sah ich auf die Karamellbonbons, dann lief ich ihr nach. Ich holte sie ein, kurz bevor sie in einem kleinen Haus am Stadtrand verschwinden wollte und bedankte mich bei ihr. In ihrem Blick lag so etwas wie Verschwörung, und wir fühlten beide eine Art Seelenverwandtschaft. Fortan trafen wir uns öfter, immer heimlich natürlich, weder ihre Familie noch die meine würden unsere Freundschaft gut heißen, das war uns beiden klar. Hanna kannte wunderschöne Spiele und wusste wundersame Geschichten zu erzählen. Und sie hatte die Gabe."

Maria zuckte zusammen: „Die Gabe."

„Ja, und sie sagte mir, dass sie mich alles lehren würde, was sie wusste. Und so geschah es auch. Hanna sagte, die Gabe sei auch in mir, nur deshalb würde ich so schnell verstehen, doch wir müssten sie geheim halten, es sei gefährlich."

„Warum ist die Gabe gefährlich?"

„Nun, die Gesellschaft hat Angst vor ihr, vor allem die Geistlichen. Die verteufeln die Gabe geradezu. Und den Medizinern ist es auch nicht recht, dass Heilkräuter oftmals besser wirken als ihre Tränke und Aderlasse. Nun denn, um es kurz zu machen: Wir wurden älter und wuchsen immer mehr zusammen. Eines Tages zeigte Hanna mir die Kette mit dem Anhänger und erzählte mir seine Geschichte. Ebenso wie du mich gefragt hast, erkundigte ich mich damals, wie das schöne und doch so fremde Schmuckstück in ihre Hände gelangt war. Sie antwortete, es sei ein Teil aus dem Familienbesitz. Folglich war also der Dieb einer ihrer Vorfahren, ein Sarazene, aus dem Orient

**68**

stammend, vermute ich. Die Mondsichel übte fortan einen seltsamen Zauber auf mich aus. Hanna entging das natürlich nicht. Und eines Tages nahm sie die Kette ab und legte sie um meinen Hals. Wir waren eins, Schwestern im Geiste. Sie sagte mir, die Mondsichel würde uns fortan verbinden und einer würde immer spüren, wenn es dem anderen schlecht ginge. Und so war es auch. Eines Tages lag ich mit schwerem Fieber, da kam sie und schlich sich heimlich in unser Zelt. Als sie sich den Arm brach, spürte ich ihren Schmerz, als wäre er mein eigener. Die Jahre gingen ins Land, und wir hielten unsere Freundschaft noch immer geheim. Ich heiratete und brachte deine Mutter zur Welt. Doch sie wählte einen anderen Weg und blieb allein. Umgeben von mehreren Katzen lebte sie in dem kleinen Haus, nachdem ihre Eltern verstorben waren. Jetzt endlich traute ich mich, sie dort zu besuchen. Auch deine Mutter nahm ich manchmal mit. Die staunte über all die getrockneten Kräuter in der Wohnküche und liebte es, ebenso wie ich, am behaglichen Kamin zu sitzen und Tee zu trinken. Irgendwann akzeptierte man Hanna auch im Lager, denn sie war ja ganz anders als all die üblichen Gadsche. Immer öfter saß sie bei uns am Feuer und war längst keine Fremde mehr. Und dann kam jener dunkle Tag voll Unheil. Ob es an ihrer Nähe zu uns lag oder ob es die Katzen waren, die bei ihr lebten, ich weiß es nicht. Schwarze Katzen gelten als teuflisch, die Menschen haben Angst vor ihnen und bringen sie mit Hexerei in Verbindung. Jemand wird sie verraten haben. Sie musste fliehen. Als sie mich in jener Nacht aufsuchte, wussten wir beide, dass es ein endgültiger Abschied war, dass wir uns in diesem Leben nicht mehr wiedersehen würden."

**69**

Der alten Frau versagte die Stimme, sie fuhr sich mit zitternder Hand über die Augen.

Schweigen ...

„Urgroßmutter?"

Katharinas Blick ging in die Ferne.

„Eines Morgens erwachte ich vom Schrei einer Elster. Ein Bote Hels. Meine Freundin hatte mich alles gelehrt, auch über Hel. Ich spürte die Hitze, die Flammen, einen unerträglichen Schmerz. Da wusste ich, sie war wirklich gegangen. Dorthin wo wir alle eines Tages hingehen, der eine früher, der andere später ..."

Maria erbebte. „Die Flammen ...", flüsterte sie. Und dennoch war es anders. Was die *Pury Dai* erlebt hatte, war keine Vision sondern in jenem Moment wirklich geschehen. Vielleicht konnte man die Zukunft ja doch beeinflussen, und der Traum war nur eine Warnung. Noch lag alles im Bereich des Möglichen.

# 18

Maria ging die Geschichte lange nicht aus dem Sinn. Welch grausames Schicksal hatte dieses fremde Mädchen ereilt. Aber waren sie nicht alle Opfer ihrer Zeit? Die Mutter, die Urgroßmutter. Und was war mit der Großmutter, die einst in eine andere Welt entschwand? Was würde die Zukunft bringen, wie würde ihr eigenes Schicksal sein? Ob der Urgroßmutter diese Hanna näher gestanden hatte als selbst der Urgroßvater? Schwestern im Geiste, vereinte Seelen – was bedeutete das? Es musste etwas Besonderes, etwas ganz Großes sein. Maria hatte nie eine Freundin gehabt, die ihr so nahe stand. Doch dann fiel ihr Blick auf Janosch, der neben ihr saß und gedankenverloren einen trockenen Ast zwischen seinen Fingern hin und herdrehte. Und plötzlich wusste sie, dass er es war, auf den sie immer gewartet hatte. Die Seele, die zu ihr gehörte, bedingungslos. So als würden sie sich schon seit Urzeiten kennen. Wenn sie ihn brauchte, war er da. Und wie oft hatte er ihr gesagt, dass sie immer genau dann auftauchte, wenn er an sie dachte. Ja, so musste es sein, wenn man seine Zwillingsseele gefunden hatte.
Doch als er sie jetzt plötzlich besorgt anschaute und fragte, was hinter ihrer sorgenvoll gerunzelten Stirn wohl vor sich gehen möge, schwieg sie beharrlich.
„Ich kann nicht darüber sprechen, Janosch." Ja, geradezu wie ein Verrat kam es ihr vor, das Geheimnis der Urgroßmutter auszuplaudern. Und er nickte verständnisvoll, bevor er eine kleine geschnitzte Flöte hervorholte und darauf zu spielen begann. Ein fröhliches Lied - nur für sie.

71

Brunhilde war nicht bei der Sache. Gehört und doch unverstanden rauschten die gesprochenen Worte an ihr vorbei. Verstohlen betrachtete sie Hans markantes Profil. Was hatte er gesagt? War er wirklich ein Fremder, von dem ihr Gefahr drohte. Nein, das konnte nicht sein, er war inzwischen doch so vertraut. Schnell schüttelte sie die düsteren Gedanken ab. Vor ihnen lag ein wunderschöner Sommertag. Sie schlug ihm leicht auf die Hand, sprang dann plötzlich auf und rannte lachend davon. Der junge Mann tat es ihr gleich, jagte ihr mit großen Sprüngen hinterher und bekam sie schließlich am Rock zu fassen. Mit einem leisen Ritsch riss der schon etwas morsche bunte Stoff. Verdutzt stand Hans mit dem Streifen in der Hand da, während Brunhilde sich ausschütteln wollte vor Lachen. „Na warte, du!" Unbeschwert und kichernd wie die Kinder spielten sie Fangen. Das Leben war plötzlich so leicht, die Luft so warm, der Himmel so blau.

Vor dem Wohnwagen saß die *Pury Dai* und paffte gemächlich ihre Pfeife. Nachdenklich folgte ihr Blick dem Paar, das ebenso offensichtlich zusammengehören zu schien wie Maria und Janosch. Wer war sie, dass sie in das Schicksal eingriff und liebende Herzen so einfach voneinander trennte?! Sie konnte sich weder gegen das Karma noch gegen den Willen der Götter stellen. Auch wenn es wider alle Vernunft schien. Lange bevor sie in ihrer jetzigen Gestalt geboren wurden, hatten diese Seelen bereits ihren Weg gewählt. Sie seufzte leise und fühlte wieder die Last auf ihrer Brust, gerade so, als würde etwas ihr die Luft abschnüren. Es gab keinen Grund mehr, auf ein Wunder oder Zeichen zu warten. Am Abend musste sie mit ihrer Enkelin reden. Es war an der Zeit, ihr ihre Entscheidung mitzuteilen.

72

# 19

Manchmal kommt es anders als man plant. Die *Pury Dai* hatte Brunhilde ein Zeichen gegeben. „Kind, ich habe mit dir zu reden, folge mir nach draußen, wo wir ungestört sind."

Die junge Frau ahnte, worum es ging und machte sich ängstlich und doch erwartungsvoll auf den Weg zu dem alten Baum, dem Lieblingsplatz der Großmutter, wo diese bereits wartete.

Schon von weitem hörte sie unterdrücktes Schluchzen. Katharina hielt ein Kind in den Armen. Brunhilde erkannte Amalia nur schwer im Dämmerlicht. Das Mädel war über und über mit Dreck verkrustet und zuckte zusammen, als die alte Frau ihr über den Kopf strich.

„Sie ist ausgebüxt und in den Fluss gefallen. Dabei hat sie sich am Arm verletzt. Ich habe sie eben hier gefunden, weil ich fast über sie gestolpert wäre", erklärte Katharina kurz die Sachlage.

„Ich werde dich verarzten." Die leise gesprochenen Worte wirkten beruhigend auf Amalia, die ohnehin ein besonderes Verhältnis zu Brunhilde hatte. Voller Vertrauen blickt sie zu ihr auf, und ein Strahlen erhellte das kleine Gesichtchen. Seit damals, als sie sich ein Kleid aussuchen durfte, war die Tante ihre Königin.

„Warum bist du nicht nach Hause gegangen?", forschte diese jetzt nach.

Amalia schniefte geräuschvoll durch ihre Nase.

„Ich bin weggelaufen von zu Hause. Und dann bin ich gestolpert, eine Böschung hinabgerollt und ins Wasser gefallen."

„Warum bist du fortgelaufen?"

Das Kind begann erneut zu schluchzen.

„Weil Vater die Mutter wieder geschlagen hat. Ich hatte Angst, trotzdem habe ich mich dazwischen gestellt. Und dann und dann …"

„Hast du den Schlag abbekommen", beendete Brunhilde den Satz.

Die Kleine nickte.

„Warum bist du nicht zu mir gekommen?" Die *Pury Dai* fragte in strengem Ton. „Mit Weglaufen kann man keine Probleme lösen!"

Im Lager war bekannt, dass Barbaros seine Frau schlug. Leider war das auch nichts Außergewöhnliches, doch nun war es wohl an der Zeit, einzugreifen. Die eine Möglichkeit war, im Kreise der Ältesten eine Versammlung abzuhalten und den prügelnden Ehemann zur Rechenschaft zu ziehen. In besonders ernsten Fällen konnte dies zum Ausschluss aus der Sippe führen. Doch damit war in diesem Fall niemandem geholfen, denn Jolanda war in guter Hoffnung. Nachdem sie in immer kürzeren Abständen vier Mädchen zur Welt gebracht hatte, erwartete man von ihr nun endlich den erwünschten Sohn. Doch die Frau war ausgemergelt von all den Schwangerschaften und kränkelte. Barbaros hatte zu trinken begonnen vor Wut und Enttäuschung.

„Tochter, ich muss das hier erst klären. Nimmst du bitte Amalia zu uns in den Wagen, reinigst und verpflegst ihre Wunden?" Brunhilde nickte. Sie konnte nur die sichtbaren Wunden heilen, jedoch nicht jene, die Amalia in ihrer Seele trug. Was hatte sie wohl alles ansehen und ertragen müssen in ihrem kurzen Leben?

„Wollen wir dich mal schnell ein wenig säubern? Und im Wohnwagen habe ich etwas Leckeres für dich."

**74**

„Darf ich bei dir bleiben?" Vertrauensvoll schmiegte das Kind sich an.

Seufzend ging die *Pury Dai* den schweren Gang, der jetzt anstand.

Entschlossen klopfte sie an die Tür des klapprigen alten Wagens. Von drinnen kam leises Stöhnen. Mit einem unguten Gefühl trat sie ein und sah eine Gestalt zusammengekrümmt am Boden liegen. Neben ihr zwei weinende kleine Mädchen, das dritte, noch ein Baby, lag in einer Art Hängekorb.

Die ältere, Lina, blickte auf. „Sie bewegt sich nicht", flüsterte sie.

Katharina kauerte nieder und fühlte kaum mehr einen Puls am Hals. Eine klebrige Blutlache hatte sich unter der Frau ausgebreitet.

„Geh und hol Brunhilde, schnell!", forderte sie das Kind auf.

Sie wusste nicht, ob hier noch etwas zu machen war. Aber man musste alles versuchen. Der Blick auf das Blut zeigte ihr, dass für die Frucht in ihrem Leib jede Hilfe zu spät kam.

„Wo ist euer Vater?", fragte sie das andere Mädchen. Doch das zuckte nur die Schultern und klammerte sich verängstigt an die Mutter.

Brunhilde hatte gerade Amalia notdürftig gesäubert und die blutige Wunde am Arm mit einem Kräuterverband versorgt, als Lina ihr die schlimme Botschaft überbrachte.

„Ich bin gleich wieder da, ihr bleibt hier", sagte sie und legte beide Mädchen auf die Schlafstätte. Dann hastete sie fort.

Als sie ankam, konnte sie nur noch den Tod der armen Frau feststellen.

„Was ist hier passiert?", fragte sie erschüttert.

**75**

Sanft zog sie die zweijährige Sofia in ihre Arme.

„Ich regele alles", bestimmte Katharina. „Nimm du die Kinder mit zu uns bis wir eine Lösung gefunden haben."

Lina war erschöpft eingeschlafen, doch Amalia war noch wach.

„Ich muss dir etwas sagen", wisperte sie.

„Es war nicht ganz so, wie ich es berichtet habe." Angst und Grauen lagen in der dünnen Stimme.

„Wie war es denn dann? Magst du es mir erzählen?" Vorsichtig legte Brunhilde den Arm um die Kleine.

„Vater war wieder betrunken und schrie, dass es sicher auch diesmal nur ein Mädchen werden würde. Ist es schlecht, ein Mädchen zu haben?"

„Sicher nicht. Ich habe doch auch ein Mädchen."

„Vater mag keine Mädchen. Er sagte, dann kann vielleicht Amalia den Jungen gebären, den du nicht zustande bringst. Er warf mich auf das Lager und riss an meinen Sachen. Mutter ging dazwischen und schlug auf ihn ein. Da prügelte er sie und trat immer wieder nach ihr, obwohl sie doch nachher schon am Boden lag. Lina sagte mir, ich solle weglaufen und stieß mich aus dem Wohnwagen. Dabei habe ich mir den Arm aufgerissen."

Brunhilde traten Tränen in die Augen, sie war erschüttert. Amalia war das älteste der Mädchen, und dennoch erst acht Jahre alt. Wie konnte ein Vater seiner Tochter so etwas antun? Der Alkohol verdarb die Menschen.

„Es ist vorbei. Er wird euch nie wieder etwas tun", sagte sie leise.

„Wie geht es Mutter?" Unsicher sah die Kleine zu ihr auf.

„Sie hat nun keine Schmerzen mehr." Tröstend fuhr Brunhilde Amalia mit der Hand über die Stirn und erhob sich dann, um die versprochene Süßigkeit zu holen. Ihr Herz war schwer. Irgendwann würde sie den Kindern sagen müssen, dass ihre Mutter nicht mehr am Leben war.

# 20

Der Spätsommer färbte die Blätter an den Bäumen erst gelb und dann feurig rot. Das deutete auf einen frühen Winter hin, wenn die Blätter jetzt schon zu fallen gedachten. Der geächtete und von der Sippe verstoßene Barbaros war nicht wieder aufgetaucht, seine Spur verlor sich im Dunkeln. Eine prunkvolle Beerdigung hatte stattgefunden, mit Musik und vielen Blumen, ganz der Sitte entsprechend. Der Leichnam der unglücklichen Frau wurde in einem ausgemauerten Grab versenkt, damit ihr Körper nicht mit Erde in Berührung kam. Es war üblich, sein Mahl dort gemeinsam an der Ruhestätte der Toten zu verzehren und so trübe Gedanken und böse Geister zu vertreiben.

Ein kinderloses Ehepaar hatte alle vier Mädchen zu sich genommen, so hatte zumindest das ein glückliches Ende gefunden – obwohl, ein wirkliches Ende gibt es ja eigentlich nie. Brunhilde hatte eine Vision, in der die Verstorbene aus den Wolken herunterlächelte, bevor sie sich auflöste. Sicherlich ein gutes Zeichen.

Die *Pury Dai* hatte endlich ihren Segen gegeben, und die Verlobung war auf den goldenen Oktober festgelegt. Wieder einmal würde ihre Enkelin ihr Volk verlassen und einem Fremden folgen, dem sie ihr Herz geschenkt hatte. Mit einer Hand verscheuchte die alte Frau die dunklen Wolken, die ihren Geist zu umnebeln drohten.

Elsa kam geflogen und ließ sich auf ihrer Schulter nieder.

„Nun, altes Mädchen, kommst du mich besuchen?" Die Elster legte den Kopf schief und warf der alten Frau einen unergründlichen Blick aus ihren dunklen Augen zu. Schmunzelnd bot

**78**

Katharina dem Tier einige Beerenfrüchte auf ihrem ausgestreckten Handteller an. Elsa pickte vergnügt und schluckte dann gierig.

„Was meinst du? Ist Hel mit meiner Entscheidung einverstanden? Handele ich klug und weise?"

Die Elster würgte und schien sich verschluckt zu haben. Ein Stück Beere flog aus dem weit geöffneten Schnabel, bevor Elsa empörend krächzend davonflog. Die *Pury Dai* sank in sich zusammen. Ein Zufall? Ein Zeichen Hels? Jetzt war es zu spät, die Entscheidung rückgängig zu machen. Bald schon würde der Vater des jungen Mannes vorsprechen und offiziell um die Hand Brunhildes anhalten.

Eine winzige Hoffnung keimte auf und gewann langsam an Größe. Vielleicht würde die Familie des Gadscho die Verbindung nicht gut heißen und gar nicht erst erscheinen. Dann würde alles im Sande verlaufen. Oder das Liebespaar könnte heimlich durchbrennen, auch so etwas kam vor, und das war Brunhilde durchaus zuzutrauen.

Jede Entscheidung fordert ihren Tribut. Maria würde nicht mitziehen. Sie hatte sich entschieden, im Lager bei ihrer Urgroßmutter zu bleiben – und bei Janosch. Wieder einmal veränderte sich alles. Das Leben duldet keinen Stillstand, kein Ausruhen. Wie lange noch konnte sie, die alte Frau, alle Lasten und Verantwortung auf ihren Schultern tragen? Jemand musste die Führung der Sippe übernehmen, ein Mann. War Janosch überhaupt schon reif dafür? War er nicht viel zu jung? Und wollte er nicht ohnehin eines Tages fort, zurück dorthin, wo seine Familie einst herkam? Dann würde Maria ihm folgen. Katharina wusste, dass ihr Herz diesen Verlust nicht mehr verkraften

79

würde. Sie erhob sich seufzend und streckte ihre müden Knochen. Noch immer ging sie aufrecht, erhobenen Hauptes und würdevoll. Die Jahre voller Mühsal und Entbehrung hatten es nicht geschafft, ihren Rücken unter all den Lasten zu beugen. Doch ihre Seele war müde, wollte ausruhen, wollte heim …

# 21

Als die *Pury Dai* an jenem dunklen wolkenverhangenen Morgen erwachte, spürte sie das Unheil in allen Knochen. Am Vortag war Hans zurückgekehrt, er hatte mit seinen Eltern gesprochen, die alles andere als begeistert waren. Auch die Drohung, den abtrünnigen Sohn zu enterben, brachte nichts. Der Junge stand ja völlig im Bann dieser Fremden! Er musste verhext sein! Nichts würde die Rubensteins dazu bringen, im Lager des fahrenden Volkes um die Hand des Mädchens anzuhalten. Diese Schande, nicht auszudenken! Hans gab das so natürlich nicht wieder, dennoch wusste jeder, was los war, angesichts seiner finsteren und bedrückten Miene und der vagen Ausflüchte, seine Eltern bräuchten noch Bedenkzeit.

So blieb nur ein Ausweg – doch davon durfte Katharina offiziell gar nichts wissen: die Entführung. Sie würde in den nächsten Tagen stattfinden, denn worauf sollte das Pärchen jetzt noch warten, wo der Segen ein für alle Mal verwehrt blieb. Das allein war schon Grund genug für böse Vorahnungen, doch da war noch irgendetwas anderes, das seine Schatten woraus warf. In der Nacht hatte Maria sich schreiend auf den Kissen gewälzt. Der böse Traum war zurückgekehrt, sie spürte die Hitze des Feuers und roch das verbrannte Fleisch, grad so, als wäre es ihr eigenes.

Der junge Mann musste sein Gesicht wahren und konnte sich im Lager nicht mehr blicken lassen. Folglich schickte er einen Boten, einen kleinen Jungen, der nach Brunhilde fragte und ihr dann ausrichtete, dass sie spät am Abend mit ihrem Hab und Gut zur alten Eiche kommen sollte. Der Baum war schon zuvor oftmals ihr geheimer Treffpunkt gewesen. Er lag etwa auf halber Strecke zwischen Lager und Stadt. Brunhilde war sehr still an diesem Tag, und die *Pury Dai* wusste, dass es die letzten gemeinsamen Stunden waren. Maria wich ihrer Mutter nicht von der Seite, doch ihre Entscheidung stand fest, so weh es auch tat, sie würde nicht mitgehen. Katharina verließ den Wagen für eine Weile, damit ihre Enkelin in Ruhe ihre wenigen Habseligkeiten packen konnte. Da waren ein paar Kleider und Haarspangen und natürlich die Salben und Kräuter.

„Vielleicht werde ich später einmal einen Stand oder sogar einen kleinen Laden in der Stadt aufmachen können. Wirst du mich dann besuchen kommen?" Sie legte ihrer Tochter den Arm um die Schultern, und diese blinzelte unter Tränen. Mehr als ein heftiges Kopfnicken brachte sie nicht zustande. Es war so einfach gewesen und nun doch so schwer. Noch niemals waren sie getrennt gewesen.

„Wohin wirst du gehen?", fragte sie schließlich. „Unten in den Ort?"

„Nein, kannst du dich erinnern, wo wir zuerst lagerten, als wir unsere Heimat verließen? Dort ganz in der Nähe besitzt Hans ein kleines Haus mit Garten. Er ist wohl gerade groß genug, dass ich dort meine Heilkräuter ziehen kann." Sie lächelte verträumt und malte sich alles in den schönsten Farben aus. „Kannst du dir das vorstellen? Ich werde wieder in einem richtigen Haus wohnen. Nicht in einem Zelt oder Wagen."

Maria war entsetzt. „Aber dort bist du nicht sicher! Das Land untersteht der Kirche und nicht unserem Fürsten."

„Jetzt ist alles anders. Mein Gemahl ist wohlhabend und genießt hohes Ansehen weit über die Ortsgrenzen hinaus." Brunhilde lachte unbekümmert und strich ihrer Tochter durchs Haar.

Der Abend kam. Nach einem guten Mahl legten alle sich nieder. Die junge Frau wartete geduldig. Endlich schliefen Großmutter und Tochter, wie die gleichmäßigen Atemgeräusche vermuten ließen. Mit ihren Bündeln bepackt, verließ Brunhilde leise den Wagen. Sie sah nicht Marias Tränen und den sorgenvollen Blick der *Pury Dai*, der ihr folgte, denn sie drehte sich nicht um. Hätte sie es getan, so wäre ihr sicherlich der Mut vergangen, in die dunkle Nacht dort draußen zu gehen. Kein Stern leuchtete am Firmament und selbst der Mond verkroch sich immer wieder unter einer dichten Wolkendecke. Instinktiv ging die Wanderin ihren Weg bis zu dem kleinen Pfad, der in die Stadt hinunterführte. Unter dem Baum wartete eine dunkle Gestalt. Für einen Moment setzte ihr Herzschlag aus, doch dann erkannte sie ihn. Es war Hans.

# 22

Mit dem Einbruch des Winters erstarb alles Leben im Lager. Tiefer Schnee machte das Verlassen der Wagen und Zelte zeitweise so gut wie unmöglich. Bereitwillig sammelte Janosch die Eier ein. Selbst die Hühner schienen zu frieren, eng aneinander gedrückt saßen sie still in einer Ecke. Wie gut, dass sie diesen Unterschlupf hatten. Die Winter wurden immer unbarmherziger und kälter. Maria saß in eine Decke gehüllt auf den Matratzen und lauschte einer Geschichte aus früheren Zeiten. Über Brunhilde wurde nicht gesprochen. Es war wie eine stille Übereinkunft, sie war fortgegangen und dann aus der Chronik entfernt worden. Maria musste trotzdem oft an sie denken. Ob sie wohl angekommen war? Führte sie nun ein leichteres Leben an der Seite dieses Mannes mit eigenem Haus und Garten? Hatte sie ihren Kräuterstand? Zu gerne hätte die Tochter mehr gewusst, doch keine Nachricht erreichte das Lager. Sie waren abgeschnitten von den Menschen und dem Leben da unten. Es schneite und schneite ohne Unterlass. Einige mutige Kinder bahnten sich Schneisen im Schnee, der immer höher wurde. Es fiel ihnen, die sonst den ganzen Tag draußen herumsprangen, sichtlich schwer, in den beengten Wohnräumen zu verharren. Nur wer musste, ging noch raus, die Vorräte wurden knapp und man fror trotz der Decken. Immer öfter erschallten jetzt Gezänk und Geschrei. Es wurde wirklich Zeit, dass es wärmer wurde und die weiße Pracht wegtaute.

Maria übte sich in Geduld. Es war sehr still geworden im eigenen Wagen. Als der Schnee endlich fort war, versank das Lager buchstäblich im Schlamm.

**84**

Wieder hieß es warten. Dann eines Tages erschienen zwei dunkle Wuschelköpfe in der Eingangstür. Lina und Amalia kamen zu Besuch und brachten Abwechslung. Die Mädel waren nicht wiederzuerkennen. Man sah ihnen an, dass sie jetzt glücklich waren bei Eltern, die sich liebevoll um sie kümmerten und ihnen regelmäßig zu essen gaben. Katharina schmolz Schnee in dem alten Kessel auf der Feuerstelle und warf getrocknete Kräuter hinein. Dazu gab es Gebäck, das zwar nicht mehr ganz frisch war, aber das störte niemanden. Immer mehr Leute fanden sich ein. Sie tummelten sich auf den Stufen und vor dem Wagen. Es war fast so wie vor dem Winter, stellte die *Pury Dai* schmunzelnd fest. Er ging weiter, jener ewige Kreislauf aus Frühling, Sommer, Herbst und Winter, aus Geburt, Leben, Tod und Wiedergeburt. Schon bald würde sich das erste Grün an den Bäumen, die ihre Arme jetzt noch kahl wie Skelette ausbreiteten, zeigen, während sie, die *Pury Dai,* bereits den Winter ihres Lebens erreicht hatte. In Gedanken versunken blickte sie auf die Kinderschar um sich herum. Kinder waren die Zukunft, in ihnen lebte das Volk, die Tradition weiter, unterworfen vom Geist der Zeit. Alles fließt, alles verändert sich. Welches Schicksal stand diesen kleinen Menschen, die da so vergnügt schmausten und unbekümmert schnatterten, wohl bevor?

Mit den milderen Temperaturen kehrten Spaß und Leben zurück, so schien es. In diesem Winter hatte das Fieber das Lager wie durch ein Wunder verschont.

Ein Bote kam. Er fragte nach Maria und überbrachte Nachricht von Brunhilde. Es ging ihr gut, sie war in das Haus des Kaufmanns eingezogen. Nein, einen Stand oder Laden hatte sie

**85**

wohl nicht. Aber sie hoffte, dass Maria sie bald besuchen käme. Sie müsse im Ort nur nach dem Haus des Hans Wilhelm Rubenstein fragen, dann würde man ihr den Weg schon weisen.

Maria entließ den Boten mit der Nachricht, dass sie versuchen würde zu kommen, sobald es wärmer und die Tage länger seien, denn es war doch ein weiter Weg.

Noch etwas geschah, was Maria weniger erfreulich fand. Janosch war zum Fürsten geritten, um nach Arbeit zu fragen. Der Fürst erinnerte sich an den guten Reiter und bot ihm sofort eine Stelle an. Er sollte helfen, die Pferde zu pflegen und sie gelegentlich auch ausreiten. Freudestrahlend kehrte der Junge mit der frohen Botschaft ins Lager zurück.

„Ich bekomme dort Essen und Unterkunft in den Ställen, außerdem auch etwas Lohn, wenn ich mich geschickt anstelle", strahlte er.

„Das hast du gut gemacht", lobte die Großmutter. „Die Zeit ist gekommen, du bist nun alt genug." Dann wurde ihr Blick besorgt und blieb an Maria hängen. Das Mädchen war wie erstarrt vor Schreck. Janosch würde weggehen, erst die Mutter und nun er! Das ging doch nicht!

„Ich kann jederzeit hierher reiten, darauf hat mir der Fürst sein Wort gegeben." Er streckte die Hand aus, doch Maria wich zurück und raffte ihre Kleider zusammen, bevor sie davonrannte. Tränen verdunkelten ihren Blick. *Er geht fort*, hämmerte es in ihrem Kopf.

Die *Pury Dai* hielt Janosch zurück, der ihr nacheilen wollte.

„Lass sie. Sie wird es verstehen, gib ihr Zeit, damit sie sich an den Gedanken gewöhnen kann."

**86**

Doch Maria gewöhnte sich nicht daran. Kein Wort des Abschieds kam über ihre Lippen, als er dann wirklich fortzog. Er hatte keine Gelegenheit mehr gefunden, mit ihr unter vier Augen zu sprechen. Sie war ihm aus dem Weg gegangen. Betrübt ritt er davon.

„Warum muss ausgerechnet er gehen?! Die anderen Männer bleiben im Lager!", murrte sie unwillig.

„Er liebt Pferde, und es ist eine große Chance für ihn, gerade beim Fürsten eine Arbeit zu finden. Du wirst es eines Tages verstehen, mein Kind. Das heißt nicht, dass er dich weniger lieb hat oder vergisst. Es ist nicht gut, im Streit auseinanderzugehen. Wir wissen nie, wann wir uns das letzte Mal sehen …"

Ein Schreck durchfuhr Maria, siedend heiß, doch nun war es zu spät, hinterherzulaufen. Janosch war längst über alle Berge.

# 23

Maria hatte so lange gebettelt, bis Katharina endlich einwilligte.

„Gut, so besuche deine Mutter, wenn es denn sein muss. Aber du kannst den weiten Weg nicht alleine gehen. Jakob und seine Frau wollen mit dem Pferdewagen los, um Waren einzutauschen. Wir haben nicht genug Vorräte nach diesem kalten Winter."

„Fahren sie hier in den Ort hinunter?"

„Nein, weiter bis in die größere Stadt, aus der ihr damals kamt. Sie setzen dich kurz vorher ab, das liegt ja auf dem Weg."

Und so kam es, dass Maria schon am nächsten Morgen in aller Früh mit Jakob und Janina losfuhr. Der Wagen war alt und nur mit einer Plane bedeckt. Das Mädchen durfte vorne zwischen dem Ehepaar Platz nehmen und auch mal die Zügel halten. Es war eine lustige Fahrt, mit Geschichten und Gesang verging die Zeit wie im Fluge.

„Wir passieren jetzt die Grenze des Fürstentums", warnte Jakob plötzlich.

Ein grimmig aussehender Mann in Uniform hielt den Wagen an und fragte nach Papieren. Bei Maria kehrte die Angst vergangener Tage zurück. „Wir haben einen Freibrief", sagte Jakob ruhig. Nach einer eingehenden Kontrolle durften sie weiterziehen. „Macht, dass ihr weiterkommt! Aber denkt dran, euer eins ist hier nicht gern gesehen!" Damit waren sie entlassen. Maria zitterte wie im Fieber, und Janina legte ihr schützend den Arm m die Schulter. „Sie können uns nichts tun."

Doch Maria wusste es besser, sie traute den Menschen hier einfach nicht. Der Gesang war verstummt, und die Unbeschwertheit wollte sich nicht wieder einstellen.

Von weitem schon konnte man die Stadtmauer erblicken. „Ich kann dort nicht wieder hin", flüsterte das Mädchen mit vor Angst bebender Stimme.

„Nein, deine Mutter lebt hier in dem kleinen Ort. Wir sind schon da. Pass gut auf dich auf. Wenn du willst, nehmen wir dich in zwei Tagen wieder mit heim."

Maria kletterte vom Wagen und stand dann alleine auf dem Weg. Suchend schaute sie sich um. Sollte sie fragen? Doch nein, das dort musste es sein! Ihr Instinkt führte sie sicher zu dem kleinen Haus mit dem Garten. Da! Die gebückte Gestalt, das war die Mutter, die im Kräutergarten werkelte. Es gab einen wunderschönen Apfelbaum vor dem Haus. Die Eingangstür stand einen Spalt offen, und Maria schlich sich hinein. Sie wollte Brunhilde nicht stören, sondern sich erst einmal umsehen und sie dann später im Haus überraschen.

Die Diele lag im Dämmerlicht. Das da vorne musste die Küche sein! Sie hörte die Schritte viel zu spät. Als sich ihr die Nackenhaare sträubten und sie sich der Gefahr bewusst wurde, hatte sich schon eine grobe Hand auf ihren Mund gelegt und erstickte den Schrei im Keim. Brutal wurde sie in die Wohnküche gestoßen. Im Fallen erkannte Maria eine Feuerstelle, bevor sich der nach Schweiß riechende Kerl mit seinem ganzen Gewicht auf sie stürzte. Sein Atem roch sauer nach Bier, und er hechelte gierig. „Ei, was haben wir denn da Feines", lallte er. Ungeschickt machte er sich an ihrem Kleid zu schaffen, verhedderte sich, riss es dann mit einem Ruck entzwei und drängte

**89**

ihr die Beine auseinander. Unter sich fühlte sie den harten Boden. Ihr wurde übel und für einen Moment schwarz vor Augen. Als sie wieder zu sich kam, fühlte sie zuerst ein schweres Gewicht auf ihrem Körper ruhen und dann etwas Warmes, Klebriges. Vorsichtig schlug sie die Augen auf und starrte entsetzt auf die Szene, die sich ihr bot. Mit einer eisernen Pfanne in der Hand stand die Mutter direkt über ihr. Der Kopf des Mannes lag auf ihrer Brust, und ihr Kleid war voller Blut.

Brunhilde schob den Leichnam mit großer Anstrengung beiseite. Sie war kreideweiß. „Hat er …?" Maria schüttelte verwirrt den Kopf. „Nein. Wer ist das? Und wo kommst du so schnell her?"

Ihre Mutter half ihr auf. „Ich war im Garten und habe ein dumpfes Geräusch gehört. Ich ahnte schlimmes, denn dieser Kerl lungerte hier vorhin schon herum. Allerdings wusste ich nicht, dass du hier bist."

„Der tut keinem mehr was", fügte sie dann ruhig hinzu. „Sobald es dunkel ist, werden wir ihn entsorgen müssen."

Schreckensbleich sah das Mädchen auf. „Ist er tot?"

Die Mutter nickte stumm.

„Wo ist Hans?" Maria raffte ihr Kleid notdürftig zusammen.

„Er ist auf Reisen, du weißt ja, dass er als Kaufmann oft unterwegs ist. Jetzt komm erst einmal mit in den Garten, damit du dich am Brunnen säubern kannst – und dann gebe ich dir ein neues Kleid aus der Kammer."

Das Wasser war eiskalt, der Brunnen aber vor neugierigen Blicken gut abgeschirmt durch Büsche und einen kleinen Bretterverschlag.

Maria staunte über die vielen Zimmer in dem Haus, das doch von außen so winzig wirkte.

„Wir können den aber hier nicht so liegen lassen …“, wisperte sie, als sie an der Küche vorbeikamen.

Brunhilde zuckte die Schultern. „Es kommt jetzt niemand hierher, und wir dürfen nicht riskieren, dass uns im Garten bei Tageslicht jemand beobachtet. Wir werden ihn in der Nacht begraben.“

Maria weigerte sich, allein im Haus zu bleiben, und so suchten sie nach einem passenden Ort, an dem sie später die Leiche entsorgen konnten. „Hier hinter dem Zaun ist der Boden durch die Nähe des Baches weicher als woanders – und dann liegt er wenigstens nicht auf unserem Grundstück“, entschied die Mutter schließlich.

In der Dämmerung begannen sie zu graben. Trotz des weichen Bodens war es harte Knochenarbeit. Als die Grube endlich tief genug war, rollten sie den Fremden in eine Decke und hievten ihn aus dem Haus. Es war ein ganzes Stück bis zum Bachufer und die Last so schwer.

„Darf er denn mit Erde in Berührung kommen?“, forschte Maria nach.

„Er ist keiner von uns. Die hier machen das so. Außerdem steht ihm kein ehrenhaftes Begräbnis zu.“ War Brunhilde wirklich so kaltblütig geworden? Maria schluckte schwer. Sie überlegte, was mit ihr geschehen wäre, wenn die Mutter nicht rechtzeitig gekommen wäre. Und sie dachte an ihren Traum und die *Pury Dai*.

„Lass uns fortgehen von hier – jetzt gleich! Zurück ins Lager. Hier sind wir nicht sicher“, flehte sie.

91

„Du weißt, dass ich das nicht kann. Aber du wirst verschwinden, bevor es noch gefährlicher wird."

„Übermorgen kann ich mit Jakob und Janina fahren, sie haben mich hier abgesetzt."

„Das ist gut", Brunhilde nickte und wischte das letzte Blut vom Boden. „In so kurzer Zeit kann nicht allzu viel geschehen." Wie sehr sie sich doch irren sollte.

# 24

Unruhig ging die alte Frau vor ihrem Wohnwagen auf und ab. Elsa hatte auf ihrer Schulter gehockt und sich so seltsam benommen. Das Tier schien aufgebracht zu sein, es gab unartikulierte Laute von sich und hackte ihr plötzlich ganz unerwartet ins Ohr, dass es blutete. Reflexartig holte Katharina aus und schlug Elsa weg. Der zutiefst empörte Vogel rannte eine Weile im Kreis und flog dann schimpfend davon. Hoffentlich hatte sie ihm nicht ernsthaft wehgetan. Im Laufe des Tages legte sich eine düstere Vorahnung wie eine schwere alles erstickende Decke auf die *Pury Dai*. War unterwegs etwas geschehen? Das Kind sollte inzwischen bei Brunhilde abgeliefert worden sein. Oder betraf es Janosch?

Elsa kehrte zurück, ließ sich auf einem Ast über ihr nieder, um dann kurz darauf mit einem schrillen Warnschrei in die Lüfte aufzusteigen. Und plötzlich wusste Katharina, dass Mutter und Tochter in höchster Gefahr schwebten. Elsa gehörte zu Brunhilde und Maria, nicht zu Janosch.

Sollte sie einen Boten zu dem Jungen schicken? Der konnte gleich losreiten und nach dem Rechten sehen. Aber hatte er nicht erst wenige Tage für den Fürsten gearbeitet. Durfte er dann jetzt schon eine Auszeit erbitten? Nach reiflichem Überlegen siegte das Gefühl der akuten Gefahr schließlich über Katharinas Pflichtbewusstsein. Sie winkte einen der größeren Buben heran. „Sascha, nimm mein Pferd und reite zum Fürstenhof. Bring mir Janosch! Rasch! Sag, es eilt!"

Es dauerte jedoch eine ganze Weile, bis der Junge mit Janosch im Schlepptau zurückkehrte.

93

Es war kein Problem, vom Fürsten Ausgang zu erbitten, da dieser mit der Arbeit höchst zufrieden war, aber Sascha hatte lange warten müssen, da sich Janosch gerade auf einem längeren Ausritt befand. Erst mit Einbruch der Dunkelheit war er wieder auf dem Hof angekommen.

Katharina erklärte kurz die Situation und ihr seltsames Gefühl.

Die Augen des Jungen blitzten zornig.

„Du hast sie dorthin gehen lassen?! Du wusstest doch, wie gefährlich es für Leute wie uns im Land des Bischofs ist!"

Sein Verhalten war mehr als respektlos, aber jetzt war es nicht an der Zeit, Janosch in seine Schranken zu weisen.

„Beeile dich und bring mir mein Kind gesund zurück", sagte sie nur leise.


Janosch umging die Kontrolle, indem er vom Pferd abstieg und das Tier einfach hinter dem schnarchenden Beamten vorbeiführte. Ein ganzes Stück ging er vorsichtshalber zu Fuß, was wiederum Zeit kostete. Er wollte vor dem Morgengrauen zurück im Fürstentum sein. Tagsüber würde es wesentlich schwieriger werden, unbemerkt am Kontrollposten vorbeizukommen. Als er schließlich das Dorf erreichte, lag alles im Dunkeln, und er hatte Schwierigkeiten, das beschriebene Haus auf Anhieb zu erkennen. Der Bote hatte damals etwas von einem riesigen Baum vor dem Eingang erwähnt, so erzählte Katharina. Das dort musste es also sein!

Brunhilde fuhr zusammen, als es an die Tür klopfte. Um diese Zeit, mitten in dunkelster Nacht, das konnte nur eins bedeuten!

„Maria, rühr dich nicht. Wir sind nicht da", flüsterte sie dem Mädchen ins Ohr und rüttelte sie gleichzeitig aus einem unruhigen Schlaf.

Maria fuhr auf: „Sie sind hier, um uns zu holen!" Ihre Mutter hielt ihr entsetzt den Mund zu.

„Sei doch still. Jemand muss uns beim Graben beobachtet und verraten haben."

Es klopfte energischer.

„Wir machen einfach nicht auf ..."

Die Minuten verstrichen nur langsam. Und dann schlug jemand ans Fenster der Schlafkammer. Warum hatten sie den Vorhang nicht ordentlich vorgezogen? In der Mitte war ein Spalt. Im fahlen Mondschein erkannte Maria die Umrisse eines Schattens und sprang aus dem Bett.

„Mutter, es ist Janosch!"

Kurz darauf stand er auch schon im Raum.

„Ach Janosch, es ist etwas Schlimmes passiert!"

Brunhilde legte ihren Finger beschwörend auf den Mund, doch der Junge nickte nur.

„Erzähle später, wir müssen sofort los!"

Nachdem er sich mit einen Becher Wasser und einen Kanten Brot gestärkt hatte, hob er Maria auf das Pferd, schwang sich dahinter und nahm die Zügel in die Hand.

„Bist du sicher, dass du bleiben willst?"

Brunhilde nickte.

„Ich passe doch eh nicht mehr aufs Pferd", sagte sie und rang sich mühsam ein Lächeln ab. Wie anders sollte die gemeinsame Zeit mit der Tochter sein, so schön und in bunten Farben

**95**

hatte sie sich das Wiedersehen ausgemalt. Und nun war alles ganz anders gekommen.

„Jakob kommt übermorgen mit dem Wagen hier vorbei. Versprich mir, dass du mitfährst. Bleib bei uns, wenigstens so lange, bis dein Mann wieder zurückkehrt", sagte Maria noch, bevor sie davonritten und der leise Hufschlag des Pferdes sich in der Dunkelheit verlor.

Brunhilde nickte stumm. Sie wusste, dass sie im Lager nicht mehr erwünscht war. Dennoch würde man niemanden, der wirklich Hilfe brauchte, dort abweisen. Sie würde darüber nachdenken, morgen, ganz in Ruhe. Aber eine schwere Last fiel ihr vom Herzen: Wenigstens ihre Tochter war in Sicherheit.

# 25

Katharina hatte lange geschwiegen. Nachdenklich blickte sie in die Ferne, und Maria hatte das Gefühl, als würde sie geradewegs durch die vor ihr stehenden Menschen hindurchsehen – bis in eine Welt, die mit der ihren nichts mehr gemein hatte.

Dann endlich sagte sie leise: „Ich habe die Zeichen also richtig gedeutet. Ihr seid in Sicherheit, doch Brunhilde schwebt in großer Gefahr." Resigniert hob sie die Hände gen Himmel. „Und ich weiß nicht, was ich tun soll. Ich kann den Weg nicht mehr erkennen, und Hel hüllt sich in Dunkelheit."

Zwei Tage später wurde die düstere Ahnung zur Gewissheit. Jakob und Janina kehrten mit dem voll beladenen Pferdewagen zurück – doch Brunhilde war nicht dabei.

Etwas Schreckliches war geschehen, so berichtete Jakob. Sie wollten Maria wie besprochen abholen, doch niemand wartete am Wegrand. Von weitem sahen sie, wie eine Frau aus dem Haus gezerrt wurde. Da suchten sie das Weite, denn das konnte nichts Gutes bedeuten.

„Ich werde zurückreiten", entschied Janosch. „Das war sicherlich Brunhilde."

„Ich komme mit", erklärte Maria entschlossen.

„Ihr werdet nirgendwo hingehen!", befahl die *Pury Dai*. „Janosch, du wirst morgen auf den Hof des Fürsten zurückkehren, wie du versprochen hast. Versuche herauszubekommen, was im Dorf geschehen ist. Für dich ist es zu gefährlich, der Fürst aber kann einen Boten entsenden, ohne dass es Verdacht erregt. Wir müssen umsichtig handeln."

Und so waren ihnen zunächst die Hände gebunden. Wieder vergingen ein paar Tage voller Angst. Erst in der Woche darauf kehrte Janosch ins Lager zurück. Er hatte keine guten Neuigkeiten.

„Jemand muss Brunhilde angezeigt haben. Als die Beamten ins Haus stürmten, sahen sie all die Kräuter und Salben, diverse Gegenstände, die auf Zauberei deuten. Zu allem Überfluss hatten wilde Hunde sich am Grab hinter dem Grundstück zu schaffen gemacht. Alles wurde gründlich durchsucht, und so fand man auch die Leiche. Es sieht schlimm aus. Sie ist der Hexerei und des Mordes angeklagt. Man hat sie in die Stadt geschafft, zum Hexenturm."

„Jetzt kann ihr niemand mehr helfen." Die alte Frau sackte lautlos in sich zusammen.

„Ich hole sie da raus! Das alles ist nur wegen mir geschehen!" Maria war außer sich vor Wut und Grauen.

Janosch schüttelte den Kopf. „Man würde dich ebenfalls anklagen. Willst du mit deiner Mutter zusammen auf dem Scheiterhaufen brennen?" Hart klangen seine Worte.

„Ich kann alles erklären. Der Mann ist unbefugt in das Haus eingedrungen und hat mich überfallen. Es war Notwehr." Katharina richtete sich auf.

„Sie werden dir nicht glauben. Deine Mutter wurde schon vor Jahren gesucht und der Hexerei verdächtigt. Der Mord alleine genügt zur Hinrichtung, beides zusammen wiegt schwer, zu schwer …" Die Stimme wurde leiser und erstarb.

„Sollen wir denn einfach zusehen? Meine Mutter ist nicht schlecht, sie hat immer nur geholfen, viele Leute geheilt!", empörte sich das Mädchen. „Wenn Hans doch da wäre!"

„Er könnte auch nichts tun. Die anderen sind zu mächtig. Aber ich werde zum Fürsten gehen. Er ist der Einzige, der uns jetzt vielleicht noch helfen kann."

Die Wochen verstrichen, ohne dass der sonst so einflussreiche Fürst etwas erreichen konnte. Zu schwer wogen die Anschuldigungen, zu viel Macht über die Menschen hatte die Inquisition. Die Samen der Angst, die die Geistlichen in die Herzen der Menschen gestreut hatten, waren aufgegangen und erstickten jedes Gefühl von Mitgefühl und Gerechtigkeit im Keim. Das Volk forderte lautstark den Tod der Hexe.

Als Janosch mit Maria in die Stadt ritt, waren die Scheiterhaufen schon gerichtet. Ein Leiterwagen kam näher, in ihm drei elende Gestalten, die man jetzt herunterzerrte. Ein Mann und zwei Frauen. Maria erkannte die Mutter, ihr Kopf war kahlgeschoren, und sie zog ein Bein nach. Maria hatte von den grausamen Foltermetoden gehört, von gebrochenen Knochen, der Streckbank, ausgerissenen Fußnägeln, zerquetschten Gliedmaßen und schlimmerem. Es wurde solange gefoltert, bis die Gefangenen gestanden, dass sie mit dem Teufel im Bunde waren und Schadenszauber betrieben. Dann wurden sie auf dem Scheiterhaufen verbrannt.

Als Brunhilde vorbei kam, schaute sie kurz hoch und sah ihrer Tochter fest in die Augen. Dann ging sie hoch erhobenen Hauptes weiter. Die wehrlosen Menschen wurden zu den Scheiterhaufen geführt und festgebunden, bevor dieselben in Brand gesetzt wurden. Grell und unheimlich hallten Brunhildes Worte über den Platz: „Ich verfluche euch und eure ganze Stadt. Der Tod komme über euch und eure Nachfahren!" Die Menge raunte, und einige bekreuzigten sich. Wie im Traum

**99**

zogen die Bilder an Maria vorbei, ohne dass sie das Gesehene wirklich umsetzen oder verstehen konnte. Barmherzig, einer Ohnmacht gleich. Die kirchlichen Würdenträger, die johlende Menschenmenge, Da war er wieder, dieser grauenvolle Gestank nach verbranntem Fleisch. Das war doch schon einmal, erinnerte sie an etwas. Prasselndes Feuer, ein singender Ton lag in der Luft. Eine Frau schrie, dann plötzlich Stille.

Brunhildes Augen schienen zu glühen, das Feuer widerzuspiegeln. Die Seile, mit denen sie an den Pfahl gebunden war, schmorten durch, und ihr rußgeschwärzter Arm erhob sich drohend gen Himmel. Die Menschen standen wie erstarrt, und ein Geistlicher bekreuzigte sich stumm. Maria fühlte sich wie in einer Trance, wurde fortgerissen, aus der Menge getragen und auf das Pferd gehoben.

„Wir müssen fort, schnell!" Das war Janosch.

„Mutter!" Es war wie ein erstickter Schrei. Sie wandte den Kopf, löste sich aus ihrer Erstarrung. Noch immer brannten die Scheiterhaufen dort unten. Langsam rannen ihr die Tränen aus den Augen und kühlten ihr erhitztes Gesicht.

# 26

Maria saß im Sonnenschein und saugte die Wärme wie ein Schwamm in sich auf. Drei Jahre waren vergangen seit jenem schrecklichen Mord. Elsa verschwand in der Nacht, als sie mit Janosch in das Dorf geritten war. Die *Pury Dai* fand sie Tage später mit hängenden Flügeln und gebrochenen Augen auf einer Stufe des Wohnwagens. Keiner wusste, was geschehen war.

„Es war wohl ihre starke Bindung an Brunhilde, die sie veranlasste, meine Enkelin in Hels Reich zu begleiten", sagte sie oft. Die alte Frau hatte schwer an ihrem Schicksal zu tragen, doch noch war ihre Aufgabe nicht beendet, noch war ihr der Weg in den Frieden versperrt.

Janosch arbeitete nach wie vor für den Fürsten – und dennoch war vieles anders als damals. Vor einem Jahr hatte ein rauschendes Hochzeitsfest stattgefunden, und nun erwartete Maria Janoschs Kind.

In der Stadt des Bischofs aber wütete die Pest schlimmer denn je und raffte die Menschen dahin.

Der Fluch der unschuldig auf dem Scheiterhaufen Verbrannten erfüllte sich auf grausamste Art.

Noch enger rückten Urgroßmutter und Urenkelin jetzt aneinander. Ein Neffe der *Pury Dai* aus der Blutlinie ihres verstorbenen Mannes war seit längerem der neue König der Sippe, er erwies sich als bedachter und umsichtiger Mann. Eine große Last war von den Schultern Katharinas genommen, und sie widmete sich ganz Maria und deren Schwangerschaft.

„Wird es wohl ein Knabe oder ein Mädchen?", fragte sie jetzt. „Hast du einen Traum diesbezüglich gehabt?"

Maria schüttelte den Kopf. „Nein, ich habe nicht mehr geträumt seit damals. Es ist grad so, als ob ich die Gabe verloren hätte."

„Vielleicht ist es besser. Ich habe niemandem mehr aus der Hand gelesen. Ich kann mich einfach nicht dazu überwinden", antwortete Katharina nachdenklich.

„Die Zeiten ändern sich. Schon bald wird der neue Fürst das Reich übernehmen, Man sagt, er sei ganz anders als sein Vater. Er mag das fahrende Volk nicht und hält nichts von Wahrsagen und Zauberei." Nachdenklich schaute sie auf das Lager hinunter.

„Es kommen schwierige Zeiten auf uns zu", bestätigte die *Pury Dai.*

Maria nickte trotzig: „Hatten wir je leichte Zeiten?! Der Fürst konnte meine Mutter auch nicht retten!"

„Nein, das konnte er nicht", bestätigte die alte Frau. Wohlweislich verschwieg sie, dass der Fürstensohn Janosch verabscheute, ja geradezu hasste, weil er dachte, sein Vater zöge den anderen vor.

Das stimmte so natürlich nicht, aber im Gegensatz zu Janosch war Wulfried faul und bequem. Außerdem schlug er die Pferde. Deshalb war Janosch mit ihm in Streit geraten, doch anstatt den dahergelaufenen Bengel vom Hof zu verjagen, hatte der Vater seinen eigenen Sohn getadelt und vor dem gemeinen Volk bloß gestellt. Wenn der Fürst eines Tages an Wulfried übergeben würde, hatten weder die Pferde noch die Bediensteten etwas zu lachen und Janosch schon gar nicht.

Doch es war nicht gut, diese Bürde gerade jetzt der Schwangeren aufzuerlegen. Schon bald würde Maria mit Hels Hilfe ein gesundes Kind zur Welt bringen. Alles andere lag in den Händen des Schicksals.

„Woran denkst du, Urgroßmutter?"

„Daran, welch ein wunderschönes Baby ihr bald bekommen werdet, du und Janosch." Katharina schmunzelte. Menschen gingen, doch andere kamen nach. Das war der ewige Kreislauf des Lebens.

Langsam erhob sie sich. Ihre Haltung war noch immer würdevoll, all die Sorgen hatten sie nicht brechen können. Und gerade jetzt musste sie weiterhin stark sein, für die Urenkelin und das kleine Wesen, das schon bald das Licht dieser unerbittlichen Welt erblicken würde. Hier im Schoße der Sippe würde es die Wärme und Sicherheit finden, die man ihm dort draußen verwehrte.

# 27

Der Mai kam, und mit ihm setzten bei Maria die Wehen ein. Viel zu früh, wie Katharina besorgt feststellte. Das Kind sollte nach ihren Berechnungen erst nach zwei Monden zur Welt kommen.

„Du musst liegen bleiben und dich schonen", bestimmte sie. „Je länger wir die Geburt hinauszögern können desto kräftiger wird das Kind."

Maria war folgsam, doch das kleine Wesen in ihr wollte nicht länger warten. Eines Morgens platzte die Fruchtblase, und die *Pury Dai* war gezwungen, umgehend zu handeln.

Sie führte die verängstigte Enkelin zur Wasserquelle und verscheuchte die spielenden Kinder. Es war eine leichte Geburt, war doch der Säugling winzig. Als er seinen ersten Schrei tat, lächelte Maria und sank dann kraftlos auf ihr Polster aus Heidekraut zurück.

„Es lebt", flüsterte sie. Katharina wusch den kleinen Jungen an der Quelle und wickelte ihn in saubere Tücher. Er schien soweit gesund und quicklebendig, obwohl er zu früh geboren war. Oder hatte sie, die *Pury Dai*, sich etwa verrechnet? Sie sprach einen Segen über das neue Familienmitglied, alles andere musste warten. Zuerst musste der Kleine gestillt werden, sobald seine Mutter dazu in der Lage und die Milch eingeschossen war.

Bevor der Abend kam, lagen Mutter und Kind auf einem behaglichen Lager nahe der Quelle. Der kleine Junge hatte zum Schutz gegen böse Dämonen ein Messer unter seinem Kissen, so konnte niemand ihn rauben und gegen einen Wechselbalg austauschen. Ein Reiter war zum Hof des Fürsten entsandt worden, um Janosch die frohe Nachricht zu überbringen. Der stolze Vater kam am nächsten Morgen und bewunderte seinen Sohn ausgiebig mit gebührendem Abstand. Jedoch durfte er in seiner Gegenwart nichts essen und auch das Neugeborene nicht berühren. So verlangte es die Sitte.

„Unser Sohn", sagte er glücklich. Man würde sehen, wie der Junge sich entwickelte und ihm einen passenden Namen geben, das hatte keine Eile. Als Janosch gegangen war, flüsterte Maria dem Kleinen verstohlen etwas ins Ohr, und das Baby gluckste vergnügt. Die *Pury Dai* lächelte wissend. Ihre Enkelin hatte längst entschieden.

Die Sonne war trügerisch, ein kalter Wind machte sich schneidend bemerkbar. Es war jener Mai, der so viel verändern sollte und wieder einmal das Leben in dem kleinen Lager erschütterte. Glück ist nicht von Dauer, darum genieße jeden Augenblick! Nein, es lässt sich nicht festhalten, es ist wie ein Schmetterling und flattert von Blume zu Blume. Ohne dass du es merkst, entfernt es sich aus deinem Blickfeld, während du noch seine schillernden Farben bewunderst.

Das Baby wuchs und ähnelte mit seinen dunklen Augen und der schwarzen Haarbürste ganz seinem Vater. Es wurde gerade gestillt, als Janosch leise an die Tür des Wohnwagens klopfte. Katharina öffnete. Lange sah der Mann auf Mutter und Kind, ohne ein Wort zu sagen. Erst als sein Sohn satt war, hakte Katharina nach.

„Was ist geschehen?"

„Der Fürst liegt auf dem Krankenlager und kämpft mit den Engeln des Todes."

„Gott möge ihn schützen", sagte die *Pury Dai*.

Janoschs Blick verfinsterte sich. „Wulfried hat den Hof übernommen, ich muss weg von hier. Schon bald wird er der neue Fürst sein."

„Aber warum musst du dann fort?" Marias Stimme zitterte.

„Er hat mir selbst nahegelegt, zu verschwinden. Ansonsten fände er einen Weg, mich beseitigen zu lassen. Ich habe mir nichts zu Schulden kommen lassen. Aber er wird etwas erfinden, das er mir zur Last legen kann. Und dann ist es zu spät."

Die *Pury Dai* nickte entschlossen. „Wir werden weiterziehen."

Janosch überlegte. „Bist du schon dazu bereit?" Er wandte sich besorgt an Maria.

„Ja", antwortete sie fest.

„Dann werde ich nur noch meine Sachen holen. Ich komme gegen Abend zurück, dann können wir morgen aufbrechen."

Katharina dachte nach.

„Wir könnten weiter nach Westen ziehen oder noch besser in den Süden."

Sie begleitete Janosch nach draußen. Er beugte sich tief zu ihr hinunter und flüsterte ihr ins Ohr:

„Wenn ich bis morgen Mittag nicht zurück bin, dann wartet nicht länger auf mich. Ich werde euch finden, wenn ich am Leben bin. Versprich mir, dass ihr euch wirklich auf den Weg macht. Wulfried wird uns nicht länger hier dulden. Ihr seid in Gefahr! Pass auf meine Frau und meinen Sohn auf, ich vertraue sie dir an."

Er ritt davon, und die *Pury Dai* blieb zurück und sah ihm lange nach. Eine düstere Vorahnung machte ihr das Herz schwer. Doch sie durfte sich jetzt nichts anmerken lassen.

Alles war gepackt und zur Abfahrt bereit, aber Janosch kam weder am Abend noch am nächsten Mittag.

„Wir können doch nicht los ohne ihn", jammerte Maria.

Die Sonne stand erst hoch und sank dann langsam am Firmament. Es war schon spät am Nachmittag, als der kleine Zug sich endlich in Bewegung setzte.

Die beiden Frauen schwiegen, jede in ihre Gedanken versunken. Während Maria immer noch hoffte, Janosch habe sich nur verspätet und würde jeden Moment auftauchen, ahnte Katharina, dass etwas Schlimmes geschehen sein musste. Und plötzlich wusste sie, dass sie ihren Ziehsohn nicht wiedersehen würde …

# 28

Sie wanderten und lagerten und wanderten weiter. Nirgends schienen sie willkommen zu sein, das gab man ihnen unmissverständlich zu verstehen. Der kleine Junge schwächelte und schlief viel. Noch immer hatte er die fehlende Zeit im Mutterleib nicht ganz aufgeholt. Dazu kam die Unruhe, die Unsicherheit, die er mit allen Facetten seines jungen Lebens spürte. Maria wartete vergebens auf einen Boten, der eine Nachricht von Janosch überbrachte. So musste sie mit dem Schlimmsten rechnen. Die *Pury Dai* versuchte vergebens, sie zu beruhigen.

„Er wird sich melden, sobald er kann. Sicherlich ist es zu gefährlich im Moment."

Es war ein Tabu und so sprach Maria die Worte nicht aus, die ihr durch den Kopf gingen: *Wenn er noch lebt ...*

Der Winter zog ins Land, und es wurde Zeit, einen festen Lagerplatz zu finden. Und eines Tages hatten sie Glück, sie fanden eine Lichtung nahe einer Höhle im Wald, weitab der Stadt. Das bedeutet allerdings auch, dass sie sich selbst versorgen mussten. In der kalten Jahreszeit wuchs nichts in Wald und Feld, so waren sie auf das Wild angewiesen. Doch das war nicht das erste Mal, und unter ihnen befanden sich geschickte Jäger. Zudem legten die Hühner weiterhin ihre Eier. Im vorderen Teil der geräumigen Höhle bauten sie ihnen einen Verschlag, dahinter lagerten sie die letzten Vorräte. Als es besonders kalt wurde, nutzten Frauen und Kinder den verbliebenen Platz als Schlafstätte, denn es war dort wärmer als in den Zelten und Wagen.

„Im Frühling werden wir weiter gen Süden ziehen", entschied Eugen, der die Sippe anführte.

Maria saß im Kreise der Frauen und Kinder neben Katharina und hielt ihren kleinen Jungen auf dem Schoß. Gedankenverloren blickte sie in die Ferne zum Ausgang der Höhle. Dann blickte sie auf ihren Sohn, auf das hochstehende dunkle Haarbüschel und die geballten kleinen Fäustchen. „Ich habe dich Jan genannt, nach deinem Vater Janosch", murmelte sie dem Kind leise ins Ohr. Das Baby musterte sie mit seinen dunklen Augen aufmerksam und krähte dann vergnügt. Maria nickte zustimmend. „So soll es sein", sagte sie laut.

Nach all der Umherzieherei der letzten Monate hatten sie hier einen Ruhepol gefunden. Jan blühte auf, doch auch Maria kam zu Kräften und erlangte ihre alte Schönheit wieder. So vergingen Winter und Frühjahr, und auch im Sommer lagerten sie noch immer vor der Höhle.

Eugen suchte die *Pury Dai* auf.

„Vielleicht ist es an der Zeit, weiterzuziehen", sagte er leise.

Die alte Frau nickte bedächtig.

„Ja, vielleicht ist es Zeit, vielleicht auch nicht. Die Entscheidung liegt bei dir."

„Was würdest du tun?"

Die klugen Augen der alten Frau musterten den Jüngeren, der da vor ihr stand und offenkundig den Rat und die Weisheit der *Pury Dai* suchte.

„Wir sind lange umhergezogen. Mein Herz und meine Knochen sind müde. Doch die Zukunft liegt in den Händen der Nachkommen", sagte sie leise.

Eugen nickte: „Ich verstehe. So werden wir noch einen Winter ausharren, denn hier sind wir in Sicherheit. Sobald es wärmer wird, setzen wir unseren Weg fort."

Der kleine Jan wuchs heran, ein zarter stiller Junge mit einem mürrischen Gesicht, das sich nur in Gegenwart von Tieren erhellte, zu denen er einen besonderen Draht hatte.

„Ganz der Vater", bemerkte Maria später oft lächelnd, wenn der Junge wieder einmal mit einem Laubfrosch, einem Gecko oder einer Blindschleiche heimkam, einem Fuchs hinterherspürte oder auf der Wiese Käfer fing. Jauchzend ließ sich der Kleine auf den Rücken eines Pferdes setzen. „Aus dem wird einmal ein guter Reiter", schmunzelte die *Pury Dai*. Ach, der Bub erinnerte Maria schmerzhaft an Janosch, war er seinem Vater doch zudem wie aus dem Gesicht geschnitten. Nur Menschen gegenüber war der Kleine merkwürdig reserviert, obwohl er bisher nie eine schlechte Erfahrung gemacht hatte in seinem jungen Leben.

Sie waren nicht mehr weitergezogen, nachdem sie einen Ort nur einen Stundenritt östlich der Höhle entdeckt hatten, wo man ihnen gerne Brot, Butter, Milch und Stoffe gegen Kunsthandwerk, Kräuter, Pilze und Waldbeeren eintauschte.

Zwei weitere Jahre gingen ins Land. Jan stand gerade mit bloßen Füßen auf dem Rücken seines Ponys, das er unter dem jubelnden Beifall der anderen Kinder im Kreis ritt. Maria buk Pfannkuchen, und die *Pury Dai* wollte soeben noch Eier aus der Höhle holen, da kam ein fremder Reiter und sprang ihr fast vor die Füße.

Maria sah von weitem, wie Katharina sich ans Herz fasste und ließ die Pfannkuchen im Stich. Kraftlos hing die alte Frau kur-

**110**

ze Zeit später in ihren Armen, während der fremde Mann davonritt, als sei nichts geschehen.

„Großmutter, so sag doch! Was ist geschehen?" Doch die alte Frau schwieg. Erst musste sie die Botschaft verdauen, noch konnte sie nicht sprechen. Es galt, wichtige Entscheidungen zu treffen.

Einige Tage gingen ins Land, und Maria hatte den Vorfall schon fast vergessen, da sagte die Pury Dai eines Abends: „Urenkelin, pack das Nötigste zusammen, wir haben einen weiten Weg vor uns, Jan, du und ich."

„Urgroßmutter, was soll das bedeuten? Wohin gehen wir? Bleiben wir denn nicht im Lager bei den anderen?"

Doch die *Pury Dai* schwieg.

Als sie am nächsten Morgen zu dritt mit dem Pferdewagen aufbrachen, wunderte sich Maria, dass sie Richtung Osten zogen.

„Es ist alles richtig so. Hel weist uns den Weg, Kind. Mehr musst du nicht wissen. So ist es sicherer für uns alle." Die alte Frau hatte den Arm um den schlafenden Jungen gelegt.

Doch Maria hielt vergeblich Ausschau nach einer Elster, kein Götterbote wollte sich heute am rötlichen Morgenhimmel zeigen.

# Epilog

Fest umklammerte der kleine Junge die Hand seiner Mutter. Maria blickte besorgt auf die alte Frau, die neben ihr ging und keuchende Geräusche von sich gab.

„Urgroßmutter, sollen wir nicht doch lieber eine Rast einlegen?" Aber die Alte schüttelte den Kopf.

„Wir müssen weiter, Kind. Nur noch ein kleines Stück. Dort vorne ist der Wald, die Freiheit."

Sie hatten sich in die Büsche geschlagen und stolperten über Unebenheiten und Baumwurzeln.

„Runter", zischte die Greisin. Sie krochen jetzt auf allen Vieren, damit die Patrouille sie nicht sah. Nur noch ein kleines Stück, hämmerte es in Marias Kopf. Weit und beschwerlich war der Weg, von Lager zu Lager waren sie gezogen. Immer weiter nach Südosten. Doch wozu das alles? Was hatte es für einen Sinn? Janosch, ihr geliebter Mann war tot, sonst hätte er sich längst gemeldet. Fünf Jahre  des Wartens, des Bangens und der Verzweiflung waren vergangen. Aber es gab keinen Hinweis, keine Spur. Damals hatte er gesagt: „Ich werde nur noch meine Sachen holen. Ich komme gegen Abend zurück, dann können wir morgen aufbrechen."

Danach lösten sich seine Spuren im Nebel auf und damit auch jede Hoffnung. Sie hatten ihn sicherlich gefangen und auf dem Scheiterhaufen verbrannt – so wie sie es damals mit ihrer Mutter taten. Nie würde sie die Schreie und den Geruch verbrennenden Fleisches vergessen. Beides verfolgte sie nachts bis in ihre Träume. Oder sie hatten ihn ganz einfach an einem Baum aufgehängt. Langsam rannen die Tränen über ihre Wangen.

Warum war sie nur mitgegangen, hatte sich von Katharina überreden lassen? Welche Zukunft gab es dort in der Fremde für eine alte Frau, eine Witwe und einen kleinen Jungen?

„Wir haben es geschafft!" Die müde Stimme bebte, während die welke Hand krampfhaft das Mondamulett umklammerte. Wider Willen spürte Maria einen Hauch der Erleichterung. Dort im Südosten, wo der Halbmond herrschte, gab es keine Hexenverfolgungen. Das zumindest hatte Janosch mal gesagt. Hier hatten Kirche und Inquisition keine Macht.

„Urgroßmutter, was soll nun werden? Wohin werden wir denn gehen?"

Die alte Frau blickte sie stumm an, griff sich ans Herz und sackte langsam zu Boden.

Jan war wie versteinert, seine dunklen Augen voller Furcht, doch Maria kniete nieder und stützte den Kopf der Liegenden.

„Urgroßmutter, ist dir nicht gut?" Ein Lächeln zog über das zerfurchte Gesicht.

„Ich habe meine Kräfte wohl doch überschätzt. Nimm das Amulett, Urenkelin, es wird dich und den Jungen führen. Du bist seine Hüterin von nun an. Ich brauche es nicht mehr, dort wo ich hingehen werde."

Maria schluchzte auf: „Verlass mich nicht! Was soll ich denn anfangen ohne dich?! Du bist mein Wegweiser, mein Licht ..."

„Geht ... zum Waldrand ... nach Osten ... immer weiter ... dort wird dein ..." Die Stimme brach.

„Urgroßmutter?!" Doch das Leben war aus der alten Frau gewichen. Die *Pury Dai* war gegangen. Ein seltsames Lächeln lag in ihren Zügen. Sie war nun wohl wiedervereint – mit Han-

**113**

na. Maria dagegen war allein mit dem kleinen Jan. Fest schloss sie ihn in die Arme.

*Wichtig ist es nur, seinen Weg zu erkennen und ihn dann zu gehen.*

„Zum Waldrand", murmelte sie. Forschend hob sie den Blick. Düster, fast feindlich wirkten die Bäume im Licht der aufgehenden Sonne. Fremde Erde … Dann fiel ihr Blick wieder auf die friedlich daliegende Tote. Die hielt das Amulett umklammert. Vorsichtig löste Maria es aus der noch warmen Hand. Es schien heute besonders hell zu strahlen. Einst hatte es ihr und ihrer Mutter den Weg zu ihrem Volk gewiesen. Es würde sie auch jetzt nicht im Sich lassen. Energisch legte sie Jan den Arm um die Schulter.

„Wir müssen gehen."

„Aber…" Scheu warf er einen Blick auf die alte Frau.

„Es ist ihr Wille, du hast es gehört." Hand in Hand gingen sie auf den Waldrand zu. Immer weiter Richtung Osten, der aufgehenden Sonne entgegen. Da vernahm sie plötzlich eine Bewegung unter den langsam näher rückenden Bäumen. Ein Reiter auf einem weißen Pferd! Jetzt kam er heran. Ein schlanker hochgewachsener Mann. Nein, das konnte nicht sein! Ihre Sinne spielten ihr einen Streich. Kein Wunder, nach all dem, was sie durchgemacht hatte. Der Fremde schien zu lachen und lüftete seine Fellmütze. Dunkle Haare, er hatte dunkle Haare wie … Ach was! Viele Menschen hatten die. Nein, das war alles nur eine Illusion. Der, dem ihr Herz gehörte, war für immer fort …

Schwarze Augen blitzten sie an.

**114**

„Janosch!" Es war ein befreiender Schrei, übernatürlich laut, sodass der Junge an ihrer Seite vor Schreck zusammenfuhr. Jubelnd warf sie die Arme in die Luft und eilte ihm entgegen. Er sprang vom Pferd und fing sie lachend auf. Nur zögernd näherte sich das Kind, eine Miniaturausgabe des Vaters, das jedoch für sein Alter viel zu ernst war. Es fehlte ihm die verspielte Leichtigkeit. Aber da waren die gleichen widerborstigen Haare, das gleiche Lächeln, das jetzt langsam sein sonst so mürrisches kleines Gesicht überzog und es wie eine Sonne erstrahlen ließ.

Janosch beugte sich vorsichtig zu ihm hinunter. „Du ahnst ja nicht, wie sehr ich auf dich gewartet habe, mein Sohn."

*Es liegt immer ein Schleier über den Geheimnissen, die uns am meisten am Herzen liegen und die wir gerne lösen möchten ...*

Maria seufzte leise. Sie fühlte die Kraft des Mondamuletts an ihrem Hals und damit auch neue Zuversicht.

Sicher, es war noch immer ein großes Wagnis, ein irrsinniges Abenteuer, doch jetzt war Janosch an ihrer Seite. Was auch kommen würde, zu dritt konnten sie es bewältigen. Das Leben gab ihnen gerade eine zweite Chance.

# Die Autorin

Christine Erdiç wurde 1961 in Deutschland geboren. Sie interessierte sich von frühester Kindheit an für Literatur und Malerei. Schon damals verfasste sie oft kleine Geschichten und Gedichte, die sie jedoch nie veröffentlichte. Nach dem Abitur war sie in unterschiedlichen Bereichen tätig und reiste viel. Seit 1986 ist sie verheiratet, hat zwei Töchter und lebt seit dem Millennium in der Türkei. Unter anderem gab sie Sprachtraining an der Universität von Izmir, machte Übersetzungen und verfasste Berichte für die Türkische Allgemeine, eine ehemalige Zeitschrift in deutscher Sprache, und gibt private Deutschstunden.

Infos unter:

Meine Bücher- und Koboldecke

https://christineerdic.jimdofree.com/

Reisetipps und Literatur

Weitere Bücher

Luhg Holiday

Christine Erdiç

Teil 1 & 2

Luhg Holiday

Dieser Sammelband vereint zwei spannende Geschichten:
Willkommen im Luhg Holiday
Als Familie Kohlmann wegen eines vorausgesagten Schnee-
sturms ganz spontan im Hotel Luhg Holiday einkehrt, ahnt sie

**118**

noch nicht, was sie dort erwartet. In dem alten unheimlichen Haus scheint nichts mit rechten Dingen zuzugehen, und schon bald finden sich die drei Kinder und ihre Eltern im unglaublichsten Abenteuer ihres Lebens wieder.

Auf Wiedersehen im Luhg Holiday

Auf einer Urlaubsreise in den Süden fahren Sabrina, Gudrun und Betty im Nebel gegen einen Baum und müssen im Luhg Holiday einkehren. Das Hotel hat sich verändert, denn es sind 7 Jahre vergangen, seitdem Sabrina mit ihrer Familie dort unfreiwillig ihre Ferien verbrachte. Wer ist der nette junge Mann, der sich nach dem Unfall so rührend um sie kümmert und doch ein düsteres Geheimnis mit sich trägt? Und was ist aus den Ghulen geworden, die das Luhg Holiday verwalteten? Ein spannendes Abenteuer wartet auf die Freundinnen. Werden sie der Gefahr entkommen, die dort hinter den düsteren Mauern auf sie lauert?

Eine Gruselkomödie der Sonderklasse und ein besonderes Lesevergnügen für die ganze Familie.

ISBN-13: 978-3743152625

Mystica Venezia

Eine verschwundene Braut, ein Sensenmann als Gondoliere, eine blinde Malerin, ein seltsames Zeichen an einer Mauer und ein geheimnisvoller Orden, Guido hat sich seine Hochzeitsreise nach Venedig dann doch etwas anders vorgestellt. Verzweifelt macht er sich gemeinsam mit seiner Schwägerin Ana Karina in den Wirren des Karnevals, der durch die engen Gassen der Lagunenstadt tobt, auf die fast aussichtslose Suche nach Christina Maria und stößt dabei auf eine uralte Legende.
ISBN-13: 978-3903056701

Endstation Anatolien

Auswandern? Mit fast vierzig Jahren und zwei schulpflichtigen Töchtern? Und noch dazu in den Orient?
Christine Erdic hat es gewagt!
Das Morgenland lockt mit bunten Basaren, leuchtenden Farben, einem unvergleichlich blauen Himmel und geheimnisvollen mondbeschienenen Nächten. Doch wie ist das wirkliche Leben hinter dem Schleier der Illusionen?
Ein Buch, das das Leben schrieb!
ISBN-13: 978-3752897111

121

# Autorin Heidi Dahlsen

Seit meiner Geburt im Jahre 1960 lebe ich in der Nähe von Leipzig. Ich bin verheiratet und habe zwei Kinder sowie eine Enkelin.

Meine Eltern betonen noch heute abfällig: „Du bist doch nur entstanden, weil wir Langeweile hatten."

Was aus so einem Kind schon werden kann, fragen Sie sich gerade? Das können Sie in meinem ersten Buch **„Lebt wohl, Familienmonster"** nachlesen und im Nachhinein sozusagen live an allen Höhen und Tiefen meines Lebens teilhaben. Auf der Suche nach einem harmonischen Familienleben stolperte ich von einer Katastrophe in die nächste und ich kann Ihnen versprechen, dass Ihnen beim Lesen sicher nicht langweilig wird.

Während einer Geburtstagsfeier erzählte ich aus meinem Leben. Ein Gast sagte: „Oh, Mann, das hört sich ja an wie aus einem Roman. Das solltest du alles aufschreiben." Und das tat ich und schon bald gab es kein Halten mehr. Im Nachhinein konnte ich feststellen, dass das Schreiben meine Seele befreit hat.

**„Alles wird gut … irgendwann"** ist mein zweites Buch. Zu diesem Titel hat mir mein Sohn verholfen, denn immer, wenn ich fast am Verzweifeln war, tröstete er mich damit und ich konnte auch hier in die Handlung viele Erlebnisse aus meinem Leben einbauen.

Schon bald war ich so in Schreiblaune, dass die Fortsetzung **„Ein Hauch Zufriedenheit"** nicht lange auf sich warten ließ.

Im „**Gefühlslooping**" erhalten Sie einen Einblick in die Psychiatrie. Unter anderem habe ich aus meinem ständigen Gefühlschaos mit manisch depressiven Phasen geschöpft und auch den Leidensweg meiner Tochter, die am Boderline-Syndrom erkrankt ist, aufgeschrieben. Jahrelang wurden wir damit konfrontiert, dass der Großteil unserer Gesellschaft mit psychisch Kranken weder umgehen kann noch gewillt ist, Verständnis für diese Menschen aufzubringen. Ich wende mich mit diesem Buch an Betroffene von psychischen Krankheiten und möchte ihnen Lösungswege aufzeigen. Allen anderen Interessierten soll es ein Ratgeber sein.

Nachdem ich 2010 die Diagnose Krebs erhielt, war ich verzweifelt und sagte mir immer wieder: „Halte durch, sei stark – kämpfe!"

Ein Jahr später kam ich langsam wieder zu Kräften und schrieb mir auch diese **Seelenqual** vom Herzen, auch weil sie mit einem **HappyEnd** für mich endete.

Danach erfüllte ich mir einen Traum. Ich liebe Weihnachten und die Geschichten, die dieses Fest so besonders machen. Also fragte ich mich: „Warum nicht dieses Thema aufgreifen und dem Leser eine Weihnachtsbotschaft vermitteln?" Dabei „half" mir eine kleine Elfe, deshalb auch der Titel „**ElfenZauberei**". Dieses Buch ist ein Lesevergnügen für Kinder ab ca. 10 Jahre sowie für Leseratten bis ins hohe Alter.

Da die Geschichte unter die Haut geht, werden Sie sich in Zukunft sicher gut überlegen, was Sie sich wünschen, denn Sie erfahren, dass es ganz schön turbulent zugehen kann, wenn Wünsche wirklich in Erfüllung gehen.

Homepage: www.autorin-heidi-dahlsen.jimdo.com

**123**

## Autorin Britta Kummer

Britta Kummer wurde 1970 in Hagen (NRW) geboren. Heute lebt sie im schönen Ennepetal und ist gelernte Versicherungskauffrau. Die Freude am Schreiben hat sie im Jahre 2007 entdeckt und seit dieser Zeit bestimmt es ihr Leben. Es macht ihr einfach großen Spaß, sich auf diese Art und Weise auszudrücken. Erst wurden ihre Werke im Bekanntenkreis herumgereicht und die Resonanz darauf war sehr positiv. Es dauerte nicht lange und schon hielt sie ihr 1. Buch "Willkommen zu Hause, Amy" in Händen. Dieses Buch wurde im Januar 2016 mit dem Daisy Book Award ausgezeichnet. Der Kärntner Lesekreis "Lesefuchs" vergibt in unregelmäßigen Abständen diese Auszeichnung für gute Kinder- und Jugendliteratur.

http://brittasbuecher.jimdofree.com/

Weitere Informationen finden Sie unter:
http://brittasbuecher.jimdo.com/